巨塔崩壊

TOWER DOWN

BY DAVID HAGBERG

デヴィッド・ハグバーグ

酒井紀子［訳］

上

竹書房文庫

CONTENTS

目次

主な登場人物

カーク・マクガーヴィー……………CIAの元暗殺工作員。通称マック。

ピート・ボイラン……………CIAの尋問官。カークの恋人。

オットー・レンケ……………CIA特殊作戦部の主任。サイバー部門のスペシャリスト。

ウォルト・ペイジ……………CIA長官。

カールトン・パターソン……………CIA法律顧問。

マーティー・バンブリッジ……………CIA本部長。

ボブ・ハンクス……………CIAパリ支局チーフ。

ダニエル・エンディコット……………FBI特別捜査官。テロ対策グループのチーフ・エンジアニア。

ピエール・ギャラン……………フランス国内治安総局の少佐。

カマル・アルダラン……………暗殺者。コードネーム〝ナスル・ザ・イーグル〟。

サアド・アルサーカル……………サウジアラビア軍の将校。カマルのハンドラー。

ジョージ・キャラハン……………民間企業投資家。

ナンシー・ネベル……………キャラハンの会社の最高財務責任者（CFO）。

アリアン・アルハマディ……………サウジアラビア王家の遠縁。

ネネ・アキーラ……………エジプト人の映画スター兼スタジオ経営者。

トム・ハモンド……………ネットビジネスで成功を収めた大富豪の投資家。

スーザン・パターソン……………映画プロデューサー。

チーアン・チャン……………香港の不動産王。

パブロ・バルデス……………メキシコの実業家。

コートニー・リッチ……………医薬品研究開発会社アイベックス社CEO。

巨塔崩壊

TOWER DOWN

上

いつものようにローレルに感謝を

第一部　ニューヨーク　春　アート・オークション

第一章

ダークスーツに身を包んだ長身の男が、キャデラック・エスカレードのドアの前に立った。乗客を待つ男のコードネームは、ナスル・ザ・イーグル。またの名をイーグルという。彼は、訓練によって高度なテクニックを身につけた、非情な殺し屋だ。

これまで、フリーランスの暗殺者として世界中を飛び回り、各国情報機関の下で仕事をしてきた。そして今回、あるサウジアラビアの情報部員から極秘任務の依頼を受けた。ナスルが推測するところ、おそらくこの情報部員はＩＳＩＳ（イスラム過激派組織、通称イスラム国）とも関係がある。だがこれは、あくまで推測に過ぎないし、もし仮にそれが事実だとしても、大した問題ではない。高額のギャラが手に入るうえに、狩りのスリルと殺しの醍醐味《だいごみ》を存分に味わうことができるのだから。

ジョン・Ｆ・ケネディ国際空港を飛び立ったアルーエットⅢヘリコプターが、イーストリバーを越え、アトランティック・アヴィエーションの東三十四丁目ヘリポートへとやって来た。時刻は午後八時三十分、営業時間を三十分も過ぎているにもかかわらず、この到着に不平を言う者は一人もいなかった。ヘリの乗客はハリド・セイフ。ドバイのオフショア投資銀行ＰＳＰのオーナーで、個人純資産は三百億ドルを越えると言われている。このカテゴリーの人間は、世の中の誰からも決して「ノー」と言われることはない。

ナスル・ザ・イーグル、本名カマル・アルダランは、まずこの男と愛人のアリマーを殺すよう命じられていた。二人のほかにも、西五十七丁目と八番街の角にある超高層ビル――アトエイスのペントハウスに集まる三十人の億万長者たち、そしてカーネギーホールの観客約千人もターゲット圏内だ。

〝ペンシル・タワー〟とも呼ばれるマンハッタンの超高層ビルを破壊することで、当然ISISは非難の集中砲火を浴びるだろう。アルカイダによる世界貿易センター《ワールドトレードセンター》爆破の再現となるわけだが、この作戦に飛行機は必要ない。

カマルのハンドラーは、ペンシル・タワーの爆破がニューヨークばかりか世界中に衝撃を与えるだろうと言っている。ISISによるパリやブリュッセルでのテロ行為より大きな打撃を受け、アメリカ軍はオペレーション・ワン作戦を発動する。そうなるとISISの武器調達は、今より一層難しくなるに違いない。

カマルはハンサムな男だ。肌の色が薄く顔立ちが西洋人に近いため、誰もが彼をヨーロッパ人だと思いこむ。しかも、あまりに自然なイギリス訛《なま》りのおかげで、教養あるイギリス紳士として通用した。黒い瞳に装着する薄茶色のカラー・コンタクトレンズ、メイクアップ、五百ドルのヘアカット、そして手入れのいい口ひげ。これらによって、彼はハリドや今夜パーティーで会う億万長者たちと同等の外見を手に入れていた。

下調べも万全だ。彼は会ったこともない億万長者のターゲットたちのことを、すでに知り尽くしていた。

ヘリコプターが到着し、パイロットは機首をきっちり左九度に向け着陸させた。ハッチが少しでもターミナルに近くなるようにとの配慮からである。さっそく、白い作業つなぎを着たクルーが二人、ヘリに駆け寄り、一人は車輪止めを施し、もう一人は荷物室を開けて揃《そろ》いのスーツケースを三つ運び出した。

ヘリポートの責任者がターミナルに迎えに出るのとほぼ同時に、ハリドたちが開いたハッチから現れた。エジプト人の女優アリマーは、パイロットに導かれてゆっくりとタラップを降りた。カマルのいる場所から会話は聞き取れないが、ハリドとアリマーの表情はいたってなごやかだ。カマルがキャデラックのリアゲートを開けたのを見て、クルーが小走りに近づき、スーツケースを積みこんだ。

責任者と一緒に、カップルが車のほうへ歩き始める。

女は若く、おそらく二十代前半だろうとカマルは思った。目を瞠《みは》るほどの美女である。五月中旬の肌寒い気候に合わせ、彼女は白い魅力的なパンツスーツを着ていて、肩には上質なカシミアのセーターをかけていた。一方、銀行家は白い麻のスーツの下に黒いTシャツという出《い》で立ちで、口ひげは剃《そ》られていた。

「こちらの紳士がコンドミニアムまでお送りします、ミスター・セイフ」

責任者は言った。

「誰の依頼だ?」

尋ねたハリド・セイフの口調は、横柄ではないがどこか厳然とした響きがあった。

「ミスター・キャラハンです、サー」

カマルは丁寧に答えた。

ジョージ・キャラハンは超高層ビルやコンドミニアムの開発業者で、アメリカの第一線の民間企業投資家《プライベート・エクイティ》の一人だ。推定資産は二百億ドル。つまり、彼も億万長者のカテゴリーに属する人間だ。

キャラハンの名を聞き、ハリドは含み笑いを浮かべた。

「物件を見もせずに一億五千万ドルの最上階《ペントハウス》を買ったんだ。きっと彼は、マイバッハを用意してくれているだろうね」

「すぐに、車を変えるよう手配します」

カマルの申し出を、ハリドは軽く手を振って退けた。アリマーをキャデラックにエスコートしつつ、彼は一瞬カマルを見やった。

「君はイートン校出身かね?」

「イエス、サー。おもしろい学校でした」

イギリス屈指の名門校を〝おもしろい学校〟と呼んだ運転手の言葉を聞き流し、ハリドは車の後部座席に乗りこんだ。

ドアを閉めながら、カマルはヘリポートの責任者に言葉をかけた。

「ミスター・セイフのために、遅くまでありがとうございました」

「おやすいご用です」

カマルは運転席につきハンドルを握った。この日、キャデラックを選んだ理由は、車内が広いこと、スモークガラスの色が濃いので後部座席が外から見えないこと、この二点だ。

高速道路フランクリン・D・ルーズベルト・イーストリバー・ドライブ《F D R》の夕方のラッシュアワーは終わり、車の流れは比較的スムーズだった。この高速道路は東三十三丁目のあたりで西に向かう一方通行の通りと交差する。

トンネルに差しかかるところで、彼はグロック29Gen4——十ミリ口径の小型ピストルを取り出した。そして後ろを振り返ると同時に、ハリドとアリマーの額に一発ずつ発砲した。さっと道路に目を戻し、もう一度後ろを振り返る。シートにぐったりと体を預けている彼らの額には、小さな穴が一つ開いていて、血はほとんど出ていない。カマルは念のため、もう一発ずつ二人のこめかみに銃弾を撃ちこんだ。いわゆる、確実な一発《インシュアランス・ショット》だ。

ホルスターにピストルを戻し、カマルは三十三丁目へと入った。すぐに五十七丁目へは向かわず、五番街へ行くつもりだ。

彼は少しの間信号を待ち、左折した。それにしても、あの女優は惜しいことをしたものだ。殺す前に味見をしたかったが、もしそんなことをしたら不必要な危険要因を増やすことになるだろう。

「言うまでもないがね、同志。おまえは道具に過ぎないんだよ」

半年前、カマルのハンドラーは言った。

ブリーフィングは、サウジアラビアのリヤドにある個人の屋敷で行われた。時々サウジの情報部が隠れ家《セーフ・ハウス》として使ったり、政治的に慎重な対応を必要とする人たち《ポリティカリー・センシティブ・ピープル》を尋問したりする時に使う場所だ。

ＣＩＡ職員ランドン・ジョーンズもその一人で、そこで尋問されたあとイラク国境周辺で解放された。しかしその直後ＩＳＩＳに拘束され、二日後に斬首映像が公にされた。

実は、カマルはこういう彼らのやり方には、あまり感心していない。サウジアラビア王族の最上位に属する人々の中には、常軌を逸している者もいる。それでも高貴な王族の血筋であれば、その者の言葉はすべてが法となってしまうのである。彼らは、ニューヨークのペンシル・タワー二棟を爆破する計画を知っても、故国が大きな危険にさらされるとは考えないだろう。

彼はハンドラーのブリーフィングを聞きながら、この計画にはなにか裏があると感じ取っていた。ＩＳＩＳが絡んでいるというシナリオが、おそらく一番有力だ。しかし、それ以上の詮索は禁物である。自分は、ただの殺し屋。それ以上でも、それ以下でもない。

この稼業で成功を収めた彼は、すでにかなり贅沢《ぜいたく》な暮らしをしていた。モナコの海辺に住み、億万長者とはいかないまでも裕福な紳士として、世界中を旅している。確かに、雇われて人を殺す仕事は、真っ当とは言えないだろう。しかし〝殺し〟は、彼の人生の中で意味のある数少ないものの一つだった。

エッフェル塔のレストラン〈ジュール・ベルヌ〉で舌鼓《したつづみ》を打ち、ある時はスカラ座でオペラを楽しみ、またある時は京都で芸者遊びをする。だがどれも、人を殺して得られる充足感とは比べものにならない。

サウジの情報部員サアド・アルサーカル、これが彼のハンドラーの名前だ。

ハンドラーは狭い拷問部屋で彼に計画を説明し、革の拘束具が付いた金属のテーブルの上に、二十センチ×二十五センチの写真を何枚も並べて見せた。半分は明らかにセントラルパークを南側から撮影した写真で、ほかにはイーストリバー沿いの国連複合施設周辺が写っていた。このあたりは、ぽきりと折れそうなほどに細く高いビルが、競い合うように連立している。

「ニューヨーカーは、超高層ビルを〝ペンシル・タワー〟と呼ぶ。ビル名に番地を冠した一億ドルのコンドミニアムに住む連中にとって、ここは金を作り出す遊び場みたいなものだ」

カマルも、ペンシル・タワーのことはよく知っている。サウジアラビア王族の王子も、この中のいくつかのコンドミニアムを所有しているはずだ。

カマルはイギリスのサンドハースト陸軍士官学校に在籍中、勉学にいそしむかたわら密《ひそ》かにスパイ技術を習得し、トップの成績で卒業した。その三ヵ月後、念願のスパイ活動に従事するため自分の死を偽装した。クイーン《Q》・メリー《M》2の甲板から誤って大西洋に落ち、遺体は見つかっていないというのが偽の経緯だ。実際は三等客室に忍びこみ、まんまと別人になりすましていたのだが。

カマルの異常性は、早い段階から明確に表れていた。彼が八歳の時、ヨルダンの銀行家だった父は転勤になり、妻、息子、娘を連れてロンドンに移り住んだ。家はロンドンの高級住宅街ナイツブリッジで、池がある緑豊かな公園の側だった。ある日、学校から家に帰る途中、公園の茂みに向かって立ち小便をしている少年を目撃した。周りに誰もいないことを確かめるや、彼は年下の小柄な少年に背後から忍び寄った。そして、そのまま首に手をかけ絞め殺してしまった。もがく少年が事切れるまでの時間が恐ろしく長く感じられ、殺してしまったあとも長い間少年と一緒に横たわり、首から手を離さなかった。あの時に感じ、今でも心に深い印象を残していることが二つある。一つは、人を殺すのは決して簡単ではないということ、もう一つは自分は殺しを心から楽しんだということ。

彼はその日、少年を殺している場面を思い起こして勃起し、マスターベーションをした。

それから間もなく、父は再び家族を連れ、街の別の地区へと引っ越した。今住んでいる界隈《かいわい》は物騒だから、というのがその理由だった。

第二章

アトエイスのペントハウスは、百一階と百二階部分が吹き抜けになっていて、高さ四メートルの大窓から見下ろせば、はるか六百メートル下の通りが見える。この場所からは、北部エリアに建っているどのペンシル・タワーより長く夕日を望むことができる。ただし近々、高さ六百三十メートルの〝タワー〟と呼ばれるもう一つの超高層コンドミニアムが完成すれば、地上に落ちるその影の先端は、隣接する国連ビルを真二つに分断することになる。

ジョージ・キャラハンは、この二棟のペンシル・タワーの出資者で、頭の中にはほかに少なくとも三つの超高層ビル建設の構想があった。もちろんどれも、アトエイスやタワーより高層になるはずだ。

ドクター・ダニエル・エンディコット特別捜査官が、玄関ホール《ベスタビュール》に姿を見せた。彼は連邦捜査局《FBI》テロ対策グループのチーフ・エンジニアだ。いつものように二重顎を引き、少し不機嫌そうな表情を見せているのは、彼が超高層ビル建築に対して警鐘を鳴らす有識者の一人だからだ。アトエイスの床面積を考えると、もしコンピューター制御のカウンターウエイト――通称ダンパーがなければ、最上階にいる人間が船酔い状態になるほど揺れる。

「ウォール・ストリートに向かって〝くたばれ！〟と中指を立てるようなものさ」というのが彼の口癖だった。

「ウォール・ストリートだけじゃない」

キャラハンは十八ヵ月前、まだ更地だったこの場所を思い浮かべた。

「UAEの億万長者に、一億五千万ドルでペントハウスを売ってやった。見取り図も見せずにね。床面積が四百六十平方メートルだから、一平方メートルあたり三十二万ドルの計算になる」

「知ってるよ、ハリド・セイフだろう？　彼には財務省が目を光らせてるよ。国連近くのタワーはどうなってる、順調か？」

「九十パーセント以上が竣工《しゅんこう》前に売れたよ」

キャラハンは、さらりと答えた。

「グランドオープン間近だ」

「本当か、信じられないな」

「買い手はそうは思ってないようだよ」

ケータリング業者がテーブルのセッティングを終え、すべての料理が並べられた。フォアグラのパテ、あらゆる種類の牡蠣《かき》、イタリアやロシアから取り寄せたキャビア、世界各国のチーズや肉。女性のパーティー・スタッフは三十分後に集まる客たちを待ち、あらゆるカクテルを作ることができるバーテンダーも持ち場についた。クリスタルやクリュッグといったシャンパンやヴィンテージ・ワイン、ウォッカ、コニャック、テキーラ。加えてセイフが新居お披露目《ひろめ》に呼んだ客たちのために様々な銘柄のビールを用意した。食事や飲み物の準備だけでおよそ十万ドルもの費用をかけたパーティーには、七十人から八十人のゲストがやってくる。おそらく料理のほとんどは、パーティーが終われば捨てられるかスタッフが持ち帰ることになるだろう。

セントラルパークを見下ろす北側の窓辺に立ち、キャラハンは景色を眺めた。長身痩躯《ちょうしんそうく》だが、白髪頭のせいか五十七歳という年齢よりずっと老けて見える。紫がかった灰色のアルマーニのスーツ、開襟のシルクシャツ、靴はブラジリアンのローファー。若干二十三歳で成功した起業家としての自分を人にどう見せるべきか、彼はそのすべを知り尽くしていた。

彼は幸福を感じていた。やりがいのある仕事、世界中にいる億万長者の友人たち、有り余るほどの財、十歳年下の美人妻、可愛い息子と娘。そして愛人のエリザベス・ケネディーは女優で、ハリウッド俳優たちの中で最も高額のギャラを得ている。しかもキャラハンのアドバイスに従い資産運用をしたおかげで、映画界で誰よりもリッチな女優となった。ベルリンで映画の撮影があるためパーティーには出席できないが、その代わりキャラハンは、友人のタニア・ローゼンを招待した。〈ウルフ・スターンズ・ローゼン＆ウィリアムズ〉という大手法律事務所の共同経営者である彼女は、ホステス役を快く引き受けてくれた。彼女は美しいだけでなく、キャラハンが知っている中でおそらく一番頭の切れる女性だ。しかも彼と寝たがらない唯一の女性でもある。キャラハンはだからこそ、タニアのことが気に入っていた。

「君でも微笑《ほほえ》むことがあると知って嬉《うれ》しいよ」

タニアのことを考え、顔をほころばせているキャラハンを見て、エンディコットは言った。彼は今日、構造工学の博士号を持つ立場から、アトエイスとイーストリバー沿いのタワーについて、無料コンサルティングをするつもりでいた。

「言っただろう、アトエイスは完売した。それに国連の隣のタワーが完成間近だ。微笑みたくもなるさ」

タワーは〝イーストリバー沿い〟より、あえて〝国連の隣〟と呼びたい。キャラハンの言葉を受け、エンディコットはうなずいた。

「だが笑ってばかりもいられないぞ」

「なぜだ?」

「どんなによくできた建造物でも必ず弱点はある。高層になればなるほど、倒壊の危険度は増していくんだからな」

「世界貿易センター《ワールドトレードセンター》に、二機の旅客機が突っこんだのは構造ミスかい?」

「いや、そんなことを言ってるんじゃない」

　エンディコットは首を振った。

「君が建てるペンシル・タワーは、どれも土台の面積が狭すぎるんだ。カウンターウエイトがない状態で、もしマンハッタン上空に時速百六十キロの暴風が吹いたとしたらどうなると思う？　大惨事だぞ。特にこのレベルの高さではな。倒壊しないにしても、建物はなんらかのダメージを受ける。そうなれば、閉鎖は免れないんだぞ」

「大丈夫さ。君も知ってのとおり、うちのカウンターウエイトはすべての事態に対応できる」

「いや、それは違う」

　エンディコットは鼻を鳴らした。

「〝すべて〟じゃない。テロ攻撃はどうだ？」

　一瞬、キャラハンの背中は凍りついた。

「もし少しでも心配があるなら、我々は策をとるべきだし、脅威が事実ならすぐにでも閉鎖するよ。しかしセキュリティーは万全で、カウンターウエイトのコンピューターは、まずハッキング不可能だ」

　再びセントラルパークに目を落とし、キャラハンは自分に言い聞かせた。アトエイスやタワーは、ツインタワーのように倒壊したりしない。仮に旅客機が激突するなら最上階付近から下の数フロアで、ジェット燃料による火災被害は更にその下階六フロアで食い止められるはずだ。だから、ビル全体が倒壊することなど考えられないのである。

まず危惧すべきは、建物の基礎の耐久性だ。支えとなる鉄骨の梁《はり》や柱は、特殊なコンクリートで固められ丈夫な岩盤に打ちこまれている。だが、もしなんらかの衝撃で少しでもそれらが片寄ったりしたら、均衡を失い完全に崩壊してしまう。建物自体の被害は言うに及ばず、巻き添えとなった周辺の被害は想像することすらできないほど甚大だろう。

設計者や技術者《エンジニア》たちはみんな、そんなことができるのは軍隊レベルの爆破装置だけだと口を揃えた。例えば——持ち運び可能なスーツケース型核爆弾のような。

「スーツケース型核爆弾？」

彼は尋ねた。

「そんなものは存在しないと確信していますがね。でも似たような爆破装置なら、建物を倒壊させることは可能でしょう」

エンジニアの答えに、キャラハンは疑問を投げかけた。

「だが、そんな装置なら放射能が漏れているはずだぞ」

「ええ、人が運ぶものなのでごくわずかですが」

「わずかだが漏れているんだろう？」

「はい」

「じゃあ、すべての柱に設置している放射線検出器がそれを感知して、ニューヨーク市警察《NYPD》、消防署、それにＦＢＩに連絡がいくじゃないか。問題解決だな」

確かに、設置してある放射線検出器はごく微量な放射性物質でも感知するほど優秀だ。しかし煙探知器の内部に含まれている極めて微弱な放射性物質にも反応してしまうため、感度を低く設定しているはずだ。

こうして考えてみると、不安は尽きない。キャラハンは自問した。本当に、問題はないのだろうか？

〝想定外〟という言葉が、脳裏をよぎる。そう、想定外の事態は起こり得る。どんなに高性能の技術を搭載したスペースシャトルでも、そして超高層ビルでも。

「いい景色だ」

エンディコットは言った。

「ああ、最高だろう」

「一億五千万ドルか……まあ、私は買わないな。たとえ三百億ドル持っていても」

彼らしい答えに、キャラハンは笑みを浮かべた。

「順番待ちリストがあるって、知ってるだろう？」

「ああ、知ってるよ。べつに驚かないがね」

エンディコットは肩をすくめた。

「私はゲスト・リストのほうに興味がある。もう一度見せてくれないか」

キャラハンは、顧客情報が収められているiPhoneを取り出し、テロ対策のプロに渡した。

「資産が百億以下の客はいないよ。みんなサーキットの常連だ」

彼の言うサーキットとは、億万長者たち共通の年間スケジュールのことだ。まず一月は、セントバーツで開かれるローマン・アブラモビッチの新年パーティー、月末にダボスで行われる世界経済フォーラム、春にはニューヨークのアート・オークション、五月は、ちょうど今頃開催されているカンヌ国際映画祭の最終週、二十四日はF1モナコグランプリ、そしてバーゼルのアート・フェア、アスペンのアイデア・フェスティバル。続いて、メガヨットでの周遊が始まり、最初はサントロペ、カプリ、八月にはペブルビーチでのコンクール・デ・レガンスに参加。それが終わると、またニューヨークに滞在、十月にロンドン、十二月にマイアミ、そして大晦日《おおみそか》はコート・ダジュール。このスケジュールが、また次の年にも繰り返される。つまり〝サーキット〟なのである。

iPhoneの画面をスクロールさせて、エンディコットは小声で顧客の職業を読み上げた。

「投資家、民間企業投資《プライベート・エクイティ》兼ヘッジファンド経営者、不動産開発業者、銀行家、ワイン商。ああ、ゲンナジー・マチニンもいるな、彼は確かロシアの〈ガスプロム〉の取締役になったばかりでプーチンの友人だ。それから、エジプトの映画スター、これによると純資産が約百八十億になっているが……」

「ネネ・アキーラだよ」

キャラハンが説明を補足した。

「彼女はただの映画スターじゃない。撮影所を五つも持っているんだ。その中の二つはインドとブラジルにある」

「そして君も、このサーキットの一員というわけだな」

「できるだけ参加することにしてる。自分のことを説明しなくてもいい人たちと話ができる時間は、私にとって貴重なんだ。彼らは、お互いの接し方を心得ている」

「そうだろうね」

ｉＰｈｏｎｅを返し、エンディコットは言った。

「もう少し、見回らせてもらう。それが終わったら、君を煩《わずら》わせるようなことはしない。今夜のパーティーの成功を祈ってるよ」

第三章

カマルはキャデラックの後部ドアを開け、座席に身を沈めているセイフと女を見やった。車は数ヵ月前に用意しておいたガレージに駐《と》めた。ミート・パッキング地区のジェーン・ストリートにある個人用ガレージだ。もうすぐ九時になり、セイフの新居お披露目パーティーが始まるのだが、少し遅れるくらいが粋なマナーだ。

今回のリサーチは、始まりの段階で困難に直面した。こういったパーティーに集まる面々は、たいてい顔見知りである。お互いに面識があるだけでなく、何度も顔を合わせ、言葉を交わした相手なのだ。ところがハリド・セイフは違った。人前に出るのを嫌う大物で、どこを探しても、姿や顔を確認できる写真を見つけることができなかった。いつもならインターネットやメールの情報で、簡単に手に入れることができるのだが。メディアを避け、電話もスカイプも使わないセイフは、ほとんど誰もが声すらも聞いたことがなかった。

彼はその理由を「銀行の公正さと、クライアントの匿名性を重視するため」と言ったはずだ。だからこそ、自分の匿名性をも徹底的に守ってきたのだろう。

血が服に付かないよう気をつけつつ、彼は銀行家のポケットを探り、携帯電話、パスポート、財布を取り出した。財布の中には、数枚の名刺とアメリカン・エキスプレスのプラチナカードが入っていたが、おそらく彼は、このクレジットカードを使ったことはなかっただろう。世界中どこへ行っても、名刺さえあればほしい物がなんでも手に入ったはずだから。驚いたことに、北朝鮮にさえPSPに口座を持っている顧客がいるのだという。

ほかにはハンカチとUSドル紙幣数枚、ジャケットのポケットには小さなピルケースが入っていた。ピルケースを開けてみると、中には小さな青い錠剤が三錠入っている。これは間違いなくバイアグラだ。

カマルは女の髪をつかみ、頭を持ち上げた。そのほうが、詳細に顔を観察することができるからだ。間近で見る彼女の美しい顔は、巧みな整形手術によって作りあげられていた。厚化粧で、デパートの化粧品売り場にいる販売員のようだ。それでもセイフは、彼女との時間を楽しむつもりでいた。ポケットに忍ばせた、このバイアグラを使って。〝気の毒にな〟カマルは心の中で呟き、彼女の頭をそっとセイフの肩に載せてやった。

セイフの携帯電話、パスポート、財布を自分のポケットにしまい、カマルは銃のマガジンに弾を装塡し直した。そして、ロジャー・アッテンボローという偽名のパスポートと黒いネクタイを運転席に投げ入れた。おそらく、この名前が必要になることはもうないだろう。

トーマス・ブランドという名で予約しているグランド・ハイアットのスイートルームに

は、遅くとも十一時半までに戻らなければならない。トーマス・ブランドという男は、ビジネスマンだ。青い目で口ひげはなく、ロンドンからニューヨークへ数日間の出張滞在という設定だ。

シャツの首元のボタンを外し、彼はキャデラックの前と後ろのドアをしっかりと閉めた。ドアやハンドルから、指紋を拭き取ることはしない。なぜなら彼の指紋はどこにも登録されていないからだ。リヤドにも指紋登録がなく、網膜や歯科治療記録だけでなくDNAの記録さえ残っていない。これは完全に姿を消すため、そしてサアドと接触した事実を消し去るために、最も重要なことだった。

通用口から通りへ出て一ブロック歩き、カマルは西十二丁目へ向かって歩いた。日中ほど人通りが多くはないが、誰も彼を気に留める者はいない。通行人たちにとって彼は殺し屋などではなく、ここを通り過ぎ、去っていくだけの人間だ。

すぐにタクシーを止め、行き先であるアトエイスの住所を告げた。

「私に言わせれば、あのビル群は今に街をぺしゃんこにしてしまいますよ」

年老いた運転手の言葉には、ムスリムのアクセントが感じられた。

「同感です」

カマルはイギリス訛りを消し、アメリカ中西部のアクセントを使った。

「お仕事ですか？」

バックミラーをのぞきこむ運転手の視線を避け、カマルは淡々とした口調で続けた。

「いいえ、グリニッチ・ヴィレッジで友達と食事をするから、待ち合わせ場所に行くところなんです」

「なるほど。じゃあ、そのお友達も一緒にレストランへお連れしましょうか」

「ありがとう。でも彼女、遅刻魔なんですよ。僕はその逆で、いつも早くて……」

「いや、時間厳守が一番ですよ」

タクシーは比較的順調に進み、八番街と西五十七丁目の角で止まった。連立するペンシル・タワーはあまりにも高く、車内から突端を見ることができないほどだ。

「風が強くて、吹き飛ばされそうですよ」

運転手は言った。

「本当だ」

そう言ってカマルは、料金と少し高めのチップを渡した。チップは、あまり高すぎないことが大事である。そして降りる前に、運転者証を見てタクシー・ナンバーと名前をチェックすることも忘れてはならない。もし必要ならば、住所を突き止めて殺さなければならないからだ。彼にとってはこの運転手も、完璧な仕事を成し遂げるための捨て駒の一つだった。

ありえないくらいに細く高いアトエイスは、周辺のペンシル・タワーを睥睨《へいげい》するかのようにそびえていた。東へ一ブロック半先に見えるワン57でさえ、身をすくめているように見える。

たくさんの人たちが行き交う通りには、ハドソンリバーからのひんやりとした風が流れてくる。排気ガスの臭いが混ざったウォーターフロント特有の風は、カマルに一瞬だけロンドンを思い出させた。

タクシーが走り去るのを確かめ、彼はアトエイスのエントランスへと入っていった。ドアマンがドアを開いた先に、ガラスとステンレスのロビーが現れた。五階まで吹き抜けの空間は、四方を高い山に囲まれているような錯覚を覚えさせる。正面には幅の狭い全長二十五メートルほどの滝があり、不揃いな岩石で造られた池へと続く。落ちてくる水が左右へ別れて流れるさまは、山間の小川を見ているようで、橋がかけられた池の中では生きた鱒《ます》が悠々と泳いでいる。

ｉＰａｄを手にしたビジネススーツ姿の女性が、橋を渡ってカマルのほうへ歩いてきた。彼を見ている彼女の表情は、完全にニュートラルだ。

「こんばんは、お名前をうかがってもよろしいでしょうか？」

「ペントハウスのオーナーのハリド・セイフだが、ここに来るのは初めてでね。ようやく、実際に見ることができて嬉しいよ」

彼が名前を口にしたとたん、女性は体のどこかにあるスイッチを押されたかのように背筋をぴんと伸ばした。そしてとびきりの笑顔を浮かべたあと、残念そうに眉を寄せた。

「申し訳ありませんが、我々のファイルにセイフ様のお写真がございません。パスポートを拝見させていただいてもよろしいでしょうか？」

「もちろんだよ」

差し出されたパスポートの写真を見て、彼女はすぐにうなずいた。

「アトエイスへようこそ、セイフ様。すぐにキャラハンにご到着を伝え、ペントハウスへご案内いたします」

ｉＰａｄの画面から目を離し、彼女はちらりと彼の後ろを見た。

「ミズ・サマハはご一緒ではないのですか？」

「実は、ちょっとした意見の食い違いがあって、彼女は来ないことになったんだ」

「承知いたしました」

事情を察した彼女は、またとびきりの笑顔をカマルに見せた。

「それでは、私がプライベート・エレベーターにご案内いたします」

カマルが女性の案内でペントハウスに到着した時、キャラハンはすでに玄関ホール《ベスタビュール》にいた。キャラハンの顔は、写真でよく知っている。それに、二十億ドルほどの秘密の預金口座を、セイフの銀行に持っているのも知っている。これはもちろん、アメリカの法に触れるので、彼は大富豪であるだけでなく犯罪者でもあるということだ。

「やっとお会いできましたね」

開発業者《デベロッパー》は、にこやかに手を差し出した。

「ようこそ新居へ」

二人が握手をすると同時に、どこからか音楽の生演奏が聞こえ始めた。

「招待を依頼しておいたゲストは、到着してるかい？」

「ええ、ほとんど到着していますよ。みなさん、お待ちかねです」

セイフのゲストたちは、みんな彼の銀行の顧客だ。〝今夜は、今までで一番おもしろい仕事になりそうだぞ〟カマルは思わず微笑んだ。これから約一時間、最高のショーを楽しめると思うと、期待で胸が躍る。

「ミズ・サマハとの〝意見の食い違い〟が、すぐに解決するといいですね。ミズ・アキーラは彼女の映画を何本もプロデュースしているので、今日会えるのを楽しみにしていたんですよ」

キャラハンの言葉に、カマルはうなずいて見せた。

「彼女は多少、気難しいところがあってね」

「それが、女優というものですよ」

「経験者の意見なんでしょう？」

カマルの問いかけに一瞬たじろぎ、キャラハンは笑った。

「予習は完璧のようですね」

「クライアントのことは、よく知っておくことにしているんでね」

実際、カマルのリサーチはいつも完璧だった。

彼はキャラハンに言った。

「これで、お互いがクライアントになったわけだ。私のことは、どうかハリドと呼んでくれ」

「ありがとうございます、サー」

丁寧な口調と態度で応え、キャラハンは広間へカマルを案内した。

「シャンパンを飲みながら、ゲストに挨拶をしたいな。特に、ミズ・アキーラに」

カマルは微笑んだ。

第四章

エンディコットは五十階のエレベーター機械室を詳細に点検したあと、四十階のセキュリティー・センターへ入っていった。ここでは制服を着た四人の警備員が、ビル全体の警備システムをモニターしている。この高さの建物にとって不可欠な鎮火システムは、特に重要なチェックポイントだ。実際、消防署は七階層以上のあらゆる建物の消火活動は、効果的に行われていないと認めている。

モニターは個人宅内部以外、中地下一階から屋上まで、おびただしい数のセキュリティー・カメラとつながっていて、またセキュリティー・センターの中央に置かれたテーブル型の操作盤《コンソール》は、画面の上でさっと手を動かすだけで、屋外の様子や気候の影響を確認できるようになっている。

赤い色のカードキー〝アクセスフリー・カード〟を渡されているエンディコットは、無条件でこのビルのあらゆる場所に出入りできた。もちろん、このカード一枚で、個人宅に入ることも可能だ。

彼は業務用エレベーターに乗り、百十二階と百十三階部分にある機械室へ向かった。二階分の広さがある空間は機械室と呼ばれており、電気や水道など、ビル全体のオペレーションを支える心臓部だ。特に中央に鎮座する巨大なカウンターウエイト、同調質量ダンパー《TMD》の姿は圧巻だ。重量は乗客を満載したボーイング７８７-８型機六機分に相当する千トン以上。おもりはオイルのプールに入れられ、床から六メートルの高さで、コンピューター制御の八本のピストン——四面に二本ずつ——で支えられている。最大四度まで全方向に稼働し、風の影響による衝撃を吸収する仕組みだ。またピストンに搭載された緩衝器とスプリングには安全装置《セーフティー・ロック》が働くよう設定されていて、最小限の動きで揺れのスピードを和らげることができる。

　しかしエンジニアたちは、このシステムがビルの安全性とは無関係であり、あくまで快適さを守るためのものだと強調している。ここに住むため八千万ドル以上の大金を支払った人々に、船酔いならぬビル酔いをさせるわけにはいかないからだ。

　ＬＥＤライトの鈍い光に照らされるカウンターウエイトを見上げ、彼はこの超高層ビルの青写真を初めて見た時より懐疑的になっていた。人為的攻撃を受けた場合の安全性について考えると、システムだけでなく、岩盤に固定されている地下の柱にも疑問が残る。

　ＦＢＩテロ対策グループトップのトーマス・ヘルドと、分析セクション・チーフのキャメロン・フリンとは二年前にこのことを話し合った。

　エンディコットがまだ二十代後半で、博士号をとりたての頃、ＦＢＩで最初に携わった仕事は、二〇〇一年九月十一日に起きた同時多発テロの分析だった。テロリストがどうやって飛行機を墜落させたかではなく、ツインタワーがなぜ崩壊してしまったのかを調べたのだ。アルカイダはなぜ、誰も気づかなかったビルの弱点を知り得たのかを。

今、エンディコットは四十代になり、部署の誰よりも知識と経験豊かな捜査官となった。

「で、君の意見はどうなんだ、ダン？」

ヘルドはエンディコットに訊《き》いた。彼は、ＦＢＩ国家保安部のトップに直接報告しなければならない立場にいる。彼は鋭い眼光を持ち、その大きな耳で部屋の隅のささやき声さえ聞き逃すことはない。ミネアポリスの現場から、実力でのし上がったたたき上げで、デスクより現場のほうが似合う。そしてなにより、部下の言葉によく耳を傾けることで、彼の優秀さは証明されてきた。

「たとえ、うなるほど金があったとしても、あそこには住みたくありませんよ」

そう応えたエンディコットのほうへ、ヘルドは大きな耳を向けた。

「ほう、それはなぜ？」

「なにも世界貿易センターみたいな倒壊の仕方をするとは言いません。でも、危険要因はいくらでもありますよ。例えば、火事です」

「鎮火システムは安定しているように見えるが、ダンの言ってることには一理あるな」

フリンはそう言って、エンディコットに続きを促《うなが》した。

「例えば、プロパンのボンベを上階中央のエレベーター・シャフトに置いたとしたら？

漏れたガスは空気より重いから、シャフトを伝って下へ流れる。そしてエレベーターの火花で爆発する」

「エレベーター・シャフトにどうやって近づく？」

ヘルドの問いかけに、エンディコットは苦笑いを浮かべた。

「旅客機さえ操れたんだから、なんだってできますよ」

「ほかには？」

「地下の柱の破壊でしょうね。軍隊レベルの加工爆弾があればできるでしょう。あるいは、地下に穴を掘り柱の真下に爆弾を仕掛けるとか。以前、ボーリングマシーンを使って、銀行強盗が同じことをしたはずです」

「ああ、続けて」

「気にかかっているのはＴＭＤです。もし同期エラーを起こせば、大惨事になることは間違いありません」

「ちょっと待ってくれ、それは少し深読みしすぎというものじゃないか？　エンジニアたちは、あの制御システムはよくできていて、決してダメージを与えるほどの調和振動は起こらないと言ってるぞ」

「私は〝決して〟という言葉は信じません」

きっぱりとした口調で、エンディコットは言った。

「想定できる危険要素より怖いのは、想定できない危険要素です」

「この仕事は君に任せよう。部内に、君より超高層ビルに詳しい者はいないからな。チームを立ち上げてさっそく取りかかってくれ。ビルが完成して稼働を始めるまで、あと二年ある。街の安全を守るために、頑張ってくれよ」

今こうして完成したビルの心臓部に入り、エンディコットは考えていた。果たして、安全とはなんなのだろう。巨大なおもりを見上げ、確かに感じるのは、やはり完璧な安全などないということだった。

彼は再びエレベーターに乗り、四十階のセキュリティー・センターへ向かった。夜間シフトの警備責任者ボブ・ホイーラーは、黒人の真面目な男だ。彼はコンソールから顔を上げ、エンディコットに言った。

「報告できることは、もうこれ以上ありませんよ。ここのことで、あなたが知らないことなんかないはずです」

「システムに、なにか不具合はなかったか？」

「そりゃありますよ。いつものちょっとした不具合で、心配するほどのことじゃありません」

警備員の楽観的な言葉に、エンディコットはいらだちの表情を浮かべた。

「なぜ、すぐに報告しないんだ？」

「訊かれませんでしたから」

「じゃあ今訊こう。なにがあったんだ?」

「モニターの画像が、ちょっとブラックアウトしたんですよ。ほんの十秒か十五秒だけ。しかも一度に消えたんじゃなくてバラバラに。ここが消え、あそこが消え、という感じで」

「なにかパターンはあったか?」

「そんなものありません。チャーリー・ベルが、プログラムをチェックしてますが、それもすぐに終わると言ってます」

ベルはアムステルダムを拠点として活動するハッカーだったが、なにか心に期すところがあってか。アメリカに帰国し、現在は真っ当な仕事に就いているという異色の人物だ。

「〝すぐ〟とは?」

「二十四時間以内に」

このニュースはエンディコットの不安を、よりいっそう掻き立てた。ホイーラーの言うように〝ちょっとした不具合〟ならばいいが、ゾッとするようなケースも考えられる。

「チャーリーは、なにを心配してた?　プログラムの問題か、それともハッキングか」

ホイーラーはコンソールを回り、エンディコットの傍へやって来た。

「ハッキングはないと言ってました。でも念のため、ファイアウォールに一時的なパッチを適用させると……」

「なんだって？　なぜそれを、早く言わない⁉」

「大した問題じゃないでしょう。修正のプロセスでしかないんですから」

　エンディコットは天井を仰いだ。

「どうするつもりですか、博士《ドク》？　ペントハウスの超億万長者やガールフレンドたちが、楽しくパーティーしてるっていうのに、避難させるとでも？」

「そうだ、必要ならばな」

　今度はホイーラーが天井を仰いだ。

「本気なんですか？」

　エンディコットは焦っていた。もちろん、パーティーの邪魔をするのは不本意だが、胸騒ぎがしてならないのだ。このビルには、なぜか危うさを感じる。

「ただのモニターの不具合ですよ」

　ホイーラーは言った。

「もう家に帰ったらどうです。チャーリーがシステムのデバッグ作業を終えたら、すぐに電話させますから」

「私の部下たちに手伝わせよう。もしハッカーの仕業なら、それが誰なのか知る必要があるんだ」

「勘弁してくださいよ、ドク。もう夜も遅いんですから、帰ってください」

ため息混じりの警備員の言葉は、エンディコットの胸に虚《うつ》ろに響いた。

アトエイスを出たエンディコットは、ビルの先端が見えるように五十七丁目の通りを渡った。今夜、ペントハウスで開かれているのは、セイフとその顧客、つまりサーキットの常連たちのプライベートなパーティーだ。しかし来週のグランドオープンには、ビル全体がライトアップされ、色とりどりの光の衣装をまとう。この界隈は、さぞ煌《きら》びやかな雰囲気に包まれるはずである。

「独立記念日の花火みたいにきれいですよ」

キャラハンは言っていた。

今、平日の夜、エンディコットは周囲を見回した。いつもどおりに混んだ道路、いつもどおりに行き交う人々。これは嵐の前の静けさなのだろうか。彼は路肩に立ち、空車ランプが点《つ》いているタクシーに手を挙げた。

第五章

午後十時三十分、ペントハウスはすっかり宴もたけなわとなっていた。広間の一段高いフロアでニューヨーク・フィルハーモニックが室内楽を奏で、女性のパーティー・スタッフは粛々《しゅくしゅく》とオードブルやシャンパンを運び、バーテンダーたちはカクテル・シェーキングの技を披露している。また、ポーカーの席では賭け金一万ドルのゲームが進行中で、まだ誰も降りる気配がなかった。しかし、このゲームはしばしば、少々変わった理由で中断された。キャラハンがゲスト全員に、セイフを紹介して回らなければならなかったからだ。これはあくまでセイフのパーティーであり、ゲストはみんな彼と五年間以上、何十億ドルもの取引をしてきた。ところがその間、両者は一度も顔を合わせたことがない。ゲストがゲームの手を止め、キャラハンに紹介されたセイフをじっくり観察するのも、当然のことだろう。

キャラハン以外で唯一のアメリカ人、アレックス・バーキンを、カマルは軽蔑していた。背が低く太っているこの投資家は、口を開けば金儲《もう》けの話をした。芸術品、宝飾品、ワイン、希少なコニャック、特にメガヨットや屋敷については、まったくと言っていいほど知識がなかった。また、彼は運転手付きのリムジンを持たない。地元のオースティンでは、フォードF-150ピックアップトラックを自分で運転し、職場と家を行き来しているから必要ないと言うのだ。しかし彼には三百億ドルを超える資産があり、サーキットのメンバーつまり〝プレイヤー〟であることに変わりはなかった。

「深窓の億万長者、ミスター・セイフ」

キャラハンは冗談まじりに、彼のことをそう呼んだ。

「こういった席は、苦手なんでしょうね」

「私のコンドミニアム、私のパーティー。投資の成果を、この目で見ている気分ですよ」

セイフに扮したカマルの〝投資〟という言葉を聞きつけ、バーキンが片眉を上げた。

「投資ですか？」

「ああ、ここの価格は上昇しているからね」

「それなら、もっといい投資の話がある。時間があればあなたと、そのことについて話し合いたいと思うんだが」

「今夜ですか？」

「ええ、今夜」

悪びれる様子もないバーキンに、カマルは肩をすくめて見せた。

「では、のちほどお話を拝聴しましょう。お開きになるまで、待っていてください」

「楽しみですよ」

「こちらこそ」

バーキンから少し離れると、キャラハンはカマルに言った。

「ずいぶん無礼な男ですね」

「我々は、みんな同じようなものですよ。自分の幻想にとらわれながら生きている」

「私もそうでしょうか、ミスター・セイフ？」

尋ねるキャラハンを見て、カマルは笑った。

「もしそう思っていたら、このコンドミニアムを買ったりしませんでしたよ。ここは私にとって間違いなく利益をもたらします。今夜の経験も含めてね」

「そう言っていただけて嬉しいですよ。ぜひこれからもよろしくお願いします」

「もう一つのコンドミニアムのグランドオープンは、まだ何週間か先なんですよね？」

「ええ、そうです。でも、もう九十パーセント以上が売れてしまっているんですよ」

「じゃあ、急がなければなりませんね」

マディ・ファハドはイランの石油王で、今日は妻の一人ザハラと一緒だった。二人は南に面した窓辺に立ち、エンパイア・ステート・ビルディングやその先に臨む新ワールドトレードセンターを見つめている。キャラハンとカマルが近づいていくと、二人はゆっくりと向き直った。

「すばらしい眺めですね」

ファハドの言葉に、カマルはうなずいた。

「本当に、絶景ですよ。あなたや美しい奥様に、ようやくお会いすることができて嬉しいです」

彼はそう言って、ザハラの手に挨拶のキスをした。

これはイスラムの慣習ではタブーとされている行為だ。微《かす》かに顔色を変えるファハドとは対照的に、妻のザハラはにっこりと笑った。

「お噂はかねがね聞いておりますわ」

「あなたのお噂もかねがね」

カマルは恭《うやうや》しく言い、彼女を見つめた。これもまた、タブーの一つだ。イスラムの慣習や忌避について、充分に心得ているにもかかわらず、なぜこんな行動をとってしまったのだろう。彼は自分でも不思議に思った。ただこの快楽主義的な底の浅い億万長者、金のことしか頭にない男に対して、少々嫌気が差しているのは確かだった。リサーチによると、ファハドは所有欲の強い暴君だ。自分の目の前で、妻がほかの男と話をするのは、頬を平手で叩かれるのと同じくらい屈辱的なことに違いない。

ザハラはうっすらと頬を染め、夫の顔をのぞきこんだ。

「もう一杯シャンパンをいただいても、よろしいかしら?」

「もちろんだよ」

キャラハンとカマルに黙礼し、ファハドは妻を伴い離れていった。

「非常に興味深い」

含みのあるキャラハンの言葉に、カマルも同意した。

「ええ、彼と仕事をするのは、なかなか面倒ですよ」

「じゃあ、なぜ招待なさったんです？」

「さあ……私もあなたと同じ気持ちでいることを、伝えるためでしょうかね」

そう答えながら、カマルは抑えることのできない自分の衝動に気づいた。自分がとった行動は、ネズミをいたぶりながら殺す猫のそれと似ていた。愉快だからそうせずにはいられなかった、ただそれだけのことだ。

ブロンズ色の肌に真っ白な歯。ネフェルティティ（エジプト新王国時代の第十八王朝のファラオであったアクエンアテンの正妃であり、ファラオ・トゥト・アンク・アメンの義母。彼女の名の意味は「美しい者が訪れた」であり、古代エジプトの美女の一人と考えられている）のような細く長い首をまっすぐに伸ばし、一人の美女が歩み寄ってきた。彼女は手にシャンパングラスを持ち、背中を露出させた白いシルクのイブニングドレスを着ている。V字の襟元からのぞく引き締まった胸の谷間、深くスリットが入ったタイトな裾。ここにいる誰もを、圧倒し挑発するかのような出で立ちだ。

「ミズ・アキーラ、とうとう会えました」

カマルは言った。

「ネネと呼んでください」

彼女の深く心地よい声とエジプト訛りは、どこか高貴ささえ感じさせる。

「深淵《しんえん》の女神という意味ですね。どうかハリドと呼んでください」

「ずいぶんと予習をなさったようですわね」

アキーラはくすりと笑った。

「アリマーは来ていないようですけど、どうしたのかしら？」

「実は、ちょっとした意見の食い違いがあって、ホテルの部屋にいます」

「俳優って、気分屋が多いですもの」

「あなたもですか？」

「私は特に」

彼女はシャンパングラスをキャラハンに渡し、カマルの腕をとった。

「新居を案内してくださらない？　とてもすばらしいお部屋ですわね」

キャラハンが事前にカマルに渡した青いカードキーは、入館、プライベート・エレベーター、玄関扉、室内のコンピューター・システムなどに使う、いわゆる個人用の鍵だ。

「このカードで、ビルのどの場所にも入れるのかな？　ミズ・アキーラを特別な場所にお連れしたいんだが」

カマルの問いかけにキャラハンは首を振った。

「いや、そのキーでは無理だ。私のを貸してあげますよ」

彼が差し出した赤いカードを受け取り、カマルは言った。

「すぐに返します」

「そんな必要はありません。コードは深夜十二時に変わるんです。役所からのお達しがあったので」

「役所？」

「ＦＢＩのテロ対策グループですよ。用心のためだそうです」

「それは心強い」

カマルの言葉にキャラハンは微笑んだ。

「楽しんできてください」

「きっとポーカーより楽しいでしょう」

ネネのハスキーな声が、いやが上にもカマルの気分を高揚させた。

「では行きましょうか。とても興味深いものをお見せしましょう」


業務用エレベーターに乗るためには、五階下まで下らなくてはならない。カマルは下階へ向かう途中で、携帯電話に短いコードを素早く打ちこんだ。そうすることで、近くの有線監視カメラを十五分間だけ働かなくさせることができるのだ。

「おうちに電話？」

ネネに尋ねられ、カマルは首を振った。

「メッセージを残しただけですよ」

下階から業務用エレベーターに乗り換えた二人は、すぐに抱き合い激しいキスを交わした。カマルの手がアキーラの胸をまさぐり、また彼女の体はこわばった彼の下腹部に押し当てられた。しかしアキーラはふと顔を離し、彼の目をまっすぐに見つめた。

「あなた、何者なの？」

「ハリド・セイフだよ」

「いいえ、違うわ」

女優の上擦った声が、エレベーターの中に響いた。

「アリマーが、彼のことを詳しく話してくれた。あなたはハリドじゃない」

ハリドはなにも答えず、彼女の肩を抱いたまま業務用エレベーターから降りた。これから向かう機械室は、百十二階と百十三階部分に当たる。

「さあ、これが見せたいものだよ」

赤いカードを使って開けたドアの向こうには、巨大なカウンターウエイトが見えた。アキーラは息をのみ、巨大な鋼鉄の心臓を見上げた。

「小さなカーバ神殿のようだわ。みんながメッカ巡礼に来てもおかしくないわね。でも愛し合うなら、もっと別の場所が……」

カマルに向き直った彼女の額に、銃弾が撃ちこまれた。冷たいコンクリートの床に、華《きゃ》奢《しゃ》な体が崩れ落ちるのを見て、カマルはつぶやいた。

「惜しいことを」

実際、殺すには惜しい女だった。しかし念のため、こめかみにもう一発撃ちこんでから、ピストルをホルスターに収めた。そして眉一つ動かさず、再び携帯電話を取り出した。

第六章

東からの風が強くなってきたようだ。携帯電話の小さな呼び出し音と同調するかのように、カウンターウエイトは数センチほど揺れ、風の衝撃を和らげている。

おもりが動く音は周りの機械音に完全にかき消され、ほとんど聞こえない。カマルは傾斜計のモニターを見て、ビルが平衡状態であることを確認した。

十六桁の英数字コードを打ちこむとアクセスを許可する電子音が三回鳴り、更に〈#53.〉という起動コードを入れることになっている。教えられたこのコードは、サアド・アルサーカルが中国で活動する国家安全部の友人から購入した。サアドと学友だったこの男は、世界中の諜報活動に関わっていて、時にはクライアントが敵国の者であることも少なくないという。

「そいつの名前を、まだ聞いてないぞ」

電話に出たハンドラーに、カマルは言った。サアドは今、セーフ・ハウスにいるはずだ。

「知る必要はないだろう」

くぐもったサアドの声に、微かないらだちを覚える。

「外からハッキングして、システムに侵入することだってできるんじゃないか？」

「電子シールドが強化されていてそれは難しい。建物の中で、コードを打ちこむほうが確実なんだ」

「それで自分は高みの見物というわけか」

「おまえも安全だ、安心しろ。起動コードを入れたあと、退避する時間は十分間もある」

「自動通報システムが作動したら面倒だ」

「おまえはプロなんだ。うまくやれ」

電話を切ったカマルは、キーパッドをロックする前にコンマ以外のすべての起動コードを打ちこんだ。風の影響を弱めるカウンターウエイトは、まだわずかに動いている。だが一旦、最後のコンマを打ちこめば、おもりの振り幅や速度を制限するコンピューター・コードは消去され、それと同時に建物にかかる圧力《ストレス》は増幅する。カマルは携帯電話をポケットに入れ、巨大な安全装置を見つめた。

キャラハンやエンジニアたちに安全を保証された購入者たちは、自分たちを守るはずのダンパーが同期エラーを起こし、破壊の大隊に変貌するとは夢にも思っていないだろう。コンクリートで固められ、岩盤に打ちこまれている梁や柱。桁はそれらとつながっているが、大きなストレスがかかれば、まず二階から五階の部分が崩れ、それはやがて大崩壊へとつながる。ビルはカーネギーホールがある南東方向へ倒れ、異変に気づいた歩行者たちに避難する時間はない。二次的な破壊は凄《すさ》まじく、ＩＳＩＳのテロ行為の中で最も大きな被害をもたらすのは、まず間違いなかった。

カマルは機械室から立ち去る前、床に横たわるネネの死体を見下ろした。深いスリットが入ったドレスがめくれ、下着をつけていない下半身がむき出しになっている。彼は、セイフの愛人アリマーを味見し損ねた時より残念に思った。ネネを、オーガズムとともに殺すことができたら最高だっただろう。

業務用エレベーターへ向かう時には、彼はすでに自分の異常な妄想のことなど忘れていた。ただ殺し屋として優秀であること。今、彼にとって大事なことは、それだけだった。

ピストルを手にしたカマルは、キャラハンの赤いカードを使って、四十階のセキュリティー・センターに入った。まずテーブル型の操作盤《コンソール》を見ていた大柄な黒人警備員がカマルに気づき、胸に二発銃弾を受けた。続いてコンソールの側にいた三人が、次々にカマルの銃弾の餌食《えじき》となった。一人は緊急電話に手を伸ばした瞬間に頭部へ一発、ほかの二人も頭部を撃たれ、それぞれコンソールや床に倒れこんだ。カマルは更に彼らに歩み寄り、インシュアランス・ショットを一発ずつ、どれも頭に向かって発砲した。間髪を容れずマガジンを交換し、ピストルをホルスターにしまう。ここまでの動作を流れるようにやり遂げ、カマルはコンソールへ向かって歩いていった。血が靴や手に付かないよう気を配りつつ、コンソールをのぞきこむ。赤いカードを持っているのは、おそらく警備員の四人とキャラハンだけだ。しかしキャラハンのカードはカマルが持っていて、警備員たちはすでに四人とも片付けた。彼は業務用以外のエレベーターをすべて停止させ、監視モニターを見た。

フロント係だろうか、女性が一人、ちょうど上階へと向かう業務用エレベーターに乗るところだ。ペントハウスに行き、キャラハンのご機嫌伺いでもするつもりだろう。エントランスや一階のモニターに人は一人も映っておらず、ドアマンの姿も見えなかった。購入者たちの入居はまだ始まっていないが、作業員が残って仕事をしている可能性はある。彼らが巻き添えになるのを望んでいるわけではないが、まあ仕方ないだろうとカマルは思った。

彼がセキュリティー・センターを出たところで、ちょうど到着した業務用エレベーターのドアが開いた。中に乗っていた女性が、まだ完全に閉まりきっていないセキュリティー・センターのドアを見て困惑した表情を浮かべた。

「ミスター・セイフ?」

なにか不穏な空気を感じ取った彼女は、急いでドアを閉めようと開閉ボタンを押した。しかしエレベーターのドアがもう少しで閉まるというところで、隙間にカマルの手が差しこまれた。「まだスタッフがいたとは思わなかったよ」

中へ足を踏み入れ、カマルは言った。

「なにがあったんです？」

彼女の震える声が、庫内に響く。

「あなたは誰？」

カマルは、静かに上昇を始めたエレベーターの停止ボタンを押し、続けて一階のボタンを押した。

突然、叫び声をあげた女性がカマルに体当たりをし、緊急電話に手を伸ばそうとした。カマルは彼女の腕をつかんで電話から引き離し、爪を立てようともがく手をやすやすとひねり上げた。壁に押し付けられた女性はカマルの股間を蹴ろうと必死で脚をばたつかせるも、次第に力尽き床に崩れ落ちた。

カマルは、すすり泣く彼女と、スロットに差しこまれている赤いカードに目をやった。エレベーターが五階に到達したあたりで、カマルは彼女をペントハウスへ戻そうかとも考えた。赤いカードがなければ、どのみち誰もこのビルの外へ出ることはできない。非常事態に気づけば、携帯電話で外部に助けを求める者もいるだろうが……。それでも、今から起きることから逃げられる者はいない。

「警備員たちを殺したのね？」

ささやくような声で尋ね、女性はカマルを見上げた。死を覚悟したその表情を見て、カマルは微かに敬服の念を抱いた。

「そうだ」

「なんてことを……なぜなの?」

「これから分かるさ」

女性は最後の力を振り絞り、カマルに飛びかかった。しかし身をかわしたカマルは、彼女の頭をつかみ左側へ勢いよく回した。乾いた音とともに、彼女の体はぐにゃりと床に崩れ落ちた。動くことも呼吸することもできず、カマルに向けられた彼女の目には恐怖と絶望の色が浮かんだ。

女性の瞳から、徐々に意識の光が消えていった。カマルは、おもむろに取り出した携帯電話のロックを解除して、最後のコンマを打ちこんだ。エレベーターが一階に到達した時も、女性はまだ完全に絶命してはいなかった。エレベーターから降りる直前、彼は念のため二十階のボタンを押した。あとはショーの始まりを待つばかりだ。彼はエレベーターのドアが閉まるのを見届け、歩き始めた。

第七章

キャラハンは警備員を捜すため、アシスタントのメリッサを下階へ行かせていた。セイフとネネになにかあったのだろうか。消えてしまった二人を、彼は本気で心配し始めていた。館内電話でセキュリティー・センターと連絡を取りたいのだが、こういうことに敏感なゲストたちに心配をかけたくはなかった。メリッサの戻りがあまりに遅いことに気を揉《も》み、キャラハンは上のフロアにある書斎の館内電話を使うことにした。階段を上がって書斎へ入った彼は、中で話をしていた名前も知らない二人の女性たちを追い出した。金持ちのパーティーに同伴する、いわゆる〝お飾り〟の女性たちだが、キャラハンが彼女らに知性を感じたことは一度もない。

くすくすと笑い合う二人の姿が、完全に見えなくなるのを待って、彼は卓上にある館内電話に手を伸ばした。セキュリティー・センターには夜間シフトの警備責任者ホイーラーがいるはずだが、聞こえてくるのは呼び出し音だけだ。その時、下の広間から「わっ！」という声が聞こえ、カルテットの演奏が中断された。なおも鳴り続ける呼び出し音を聞きながら、キャラハンは船酔いに似た吐き気を覚えた。ふと机に視線を落とすと、一本の鉛筆が五センチほど左に動き、一旦止まり、また逆方向に転がっていく。彼はすぐに受話器をフックに戻した。そして階段へ駆け戻り、踊り場から広間を見下ろした。演奏者たちはみんな、足元を見て困惑の表情を浮かべている。

一方ゲストたちは、八番街に面した大窓から1《ワン》ワールドトレードセンターのほうを見ていた。階段の上にいるキャラハンからも、南側のビル群がゆっくりと左右に揺れている様子が見て取れた。

「なにが起こったんだ?」ゲストの一人が言った「地震か⁉」

しかし動いているのは、マンハッタンではない。アトエイスのほうだ。

「風が強いので少し揺れますが、すぐに安定します」

キャラハンの言葉を聞いたカルテットの一人が、バイオリンをケースにしまい始めた。

「冗談じゃない。私たちは帰らせてもらうよ」

急いで階段を駆け下りたキャラハンは、興奮しうろたえるゲストたちを見渡した。アラビア語やドイツ語の叫声《きょうせい》が響く中、女性がキャラハンに叫んだ。

「これを止めて!」

キャラハンは両手を挙げて、彼らを制した。

「みなさん、落ち着いてください。今夜は少し風が強いだけです」

だが床は大きく左へスライドし、数人が足元に倒れこみ、大勢の体が窓に激しくぶつかった。そのまま少しの間、静止したかに見えた床は、また逆方向に向かって更に大きく動いた。窓の外に見えるマンハッタンの夜景は、まるで静止と再生を繰り返すビデオ映像のようだ。

キャラハンはエレベーターホールに駆けこみ、階数表示板を見た。セイフのプライベート・エレベーターはなぜか一階で待機している。しかも、乗降ボタンを押しても、一向に上がってくる気配がなかった。

キャラハンは、今まで経験したことのない恐怖を感じていた。真っ先に頭に浮かんだのは、ワールドトレードセンターのことだった。彼はあの未曾有《みぞう》の悲劇を、タイムズ・スクエアの巨大ディスプレイ《ジャンボトロン》を見て知った。ちょうど会議のために向かっていたサウスタワーに旅客機が激突する、という信じられないようなニュースだった。六番街《アベニュー・オブ・ジ・アメリカス》を渡ったウエスト・ブロードウェイのあたりでタクシーを降り、低空飛行でやってくる二機目の旅客機を見上げた。周りの誰もが凍りついたように動かず、キャラハン自身も、自分が見ている光景が現実とは思えなかった。その後間もなくサウスタワーが倒壊し、彼は思った。たった今、この瞬間に戦争が始まった。マンハッタンは、真珠湾攻撃より何倍もひどい攻撃を受けているのだと。

カマルは九番街と五十七丁目の角で立ち止まり、アトエイスのほうを振り返った。ペントハウスの人々の様子を想像すると、ついそうせずにはいられない。彼らは今頃、自分たちが絶望的な状況に置かれていることに気づいているはずだ。誰よりそのことを理解しているのは、キャラハンだろう。警備を呼ぶこともできず、赤いカードは手元になく、エレベーターに乗ることもできない。業務用エレベーター、プライベート・エレベーター、一般エレベーター、ビル内のすべてのエレベーターが使えなくなっている。

五十七丁目の通りを見渡し、カマルは考えた。死が揺るがざる事実として目の前に迫った時、それを黙って受け入れるしかないと気づいた時、人間はどんな反応をするのだろう。パニックを起こした末、大切な命のために神と交渉をし始める億万長者たち。彼らの恐怖に満ちた目を見ることができるなら、あのペントハウスに戻っても構わないとさえ一瞬思う。

通行人たちの中には、超高層ビルの異変に気づいている者もいた。ビルの左右への傾きは、すでにはっきりと目視できるほどになっている。風の影響によるペンシル・タワーの揺れは、ほかの高層ビルに比べて特に激しい。だからこそ、同調質量ダンパーはそれらを軽減するよう設計されているのだ。

通行人たちが次々に携帯電話を取り出し、いっせいに緊急電話番号の〈911〉を押し始めた。だがもう手遅れだ。

たった三百メートルしか離れていない場所から、こんな光景を眺めることができるチャンスはおそらく一生に一度だろう。カマルはにやりと笑った。だが、もしも東ではなく西側にビルが倒れたら、自分もペントハウスのプレイヤーたちと一緒に死ぬことになる。「まあいいさ」彼は独りごちた。大量殺人の夢が叶《かな》えられるのなら、彼は満足だった。

玄関ホールに集まっているパニック状態の人々に囲まれ、キャラハンはエレベーターの乗降ボタンを押し続けていた。不気味に揺れるビルが東へ傾き、全員がバランスを失って倒れこんだ。もはやビルは垂直になることはなく、左右にそれぞれ二メートル以上の幅で揺れていた。倒壊は、もう時間の問題だろう。

このビルの支柱の桁は、ボルト接合された上に鋼鉄の補強プレートで補強されている。この手法は、七〇年代後半のシティー・コープ・センター改修工事に倣《なら》ったものだ。もともと、このシティー・コープ・センターの桁はボルト接合のみだったが、問題を発見した建築学を学ぶ学生の進言で補強プレートを溶接し倒壊を免れた。

アトエイスに備えられている九百トンものカウンターウエイト。だが、もしそのコントロールが効かなければ、どんなビルも圧力に耐えることはできない。

突然、巨大な楽器の弦を弾《はじ》くようなブーンという音がして、ビルの骨格が軋《きし》んだ。と同時に床は西側へ向かって大きく傾き、全員の体が一かたまりとなって転がっていった。誰もが泣き叫んでいるという状況の中で、少なくとも二人が、なおも携帯電話に向かってなにかを叫び続けていた。

キャラハンは頭上に響いた重い破壊音を聞き、ついに倒壊の瞬間を覚悟した。ところがその時、ビルはぴたりと静止した。その短い間、彼はこのビルの設計図を描いたくそったれエンジニアたち全員と握手をして、「天才」と呼んでやりたかった。

だが——再び、アトエイスは大きく東へ傾き、より激しい音を立てながら、通りへ向かい崩壊を始めた。

カマルは、セックスよりも興奮する倒壊劇を見物して、血が沸き立つ思いだった。最初に四階部分が壊れ、まるで内側から大きな爆発を起こしたかのように、大量のガラスの破片や瓦礫《がれき》が外側に向かって散乱した。そのあとビルは、ゆっくりと東側へ傾き、徐々にスピードを上げつつ地上へと崩れていった。

車も人も完全に動きを止めた。誰もがどこへ行き、なにをすればいいのか、見当もつかないようだ。カマルは九番街に向き直り、近くの駅から地下鉄に乗ろうと考えた。この現場から充分に離れていて、しかも滞在先のグランド・ハイアットへ歩いて戻れる場所まで。途中でバーに立ち寄り、テレビ・ニュースを肴《さかな》に二、三杯飲むのも一興だ。イートンやサンドハーストで覚えた校歌を口ずさみそうになるのを、かろうじて堪《こら》えて、彼は足早に歩き始めた。カマルにとって、これはまだ、ほんの余興に過ぎなかった。

第二部　カンヌ国際映画祭

第八章

ヴァルポリチェッラのボトルを手にしてプール・デッキに戻ったカーク・マクガーヴィーは、ピートの姿を捜した。時刻はすでに夜の十一時になろうとしている。夕食のあと二人はずっとここに座って、あれこれと話をした。ただし彼らの未来について、デリケートな話題は避けながら。

マクガーヴィー、通称マックの年齢は五十歳だ。長身でラグビー選手のような体格をしており、髪は茶色。誠実そうな角ばった顔と、表情豊かな灰色がかった緑色の瞳。毎日欠かさず鍛えてきた筋肉質の体は、いざとなればバレーダンサーのようにしなやかに動くこともできる。アメリカ中央情報局《CIA》の元暗殺工作員で、腕のいい狙撃手でもあった彼はあらゆる銃器に精通している。中でもワルサーＰＰＫの九ミリは、長年の大切な相棒だ。

一方、ピート・ボイランは、三十代半ばの肉感的な女性で、映画女優のような美貌の持ち主だ。そればかりか、ＣＩＡのトレーニング・プログラムによって、ずば抜けた身体能力も身につけている。数年前、ＣＩＡの尋問官としてマックに出会い、以来ずっと恋人として彼に寄り添ってきた。

マックは外に出て、沿岸内水路に突き出た桟橋を見た。そこには彼の全長十二メートルのホイットビー小型帆船が係留されている。家が建っているここケイシーキーは、フロリダ州タンパから九十五キロほどの場所にある細長い防波島だ。家の裏側には四十五メートルの水路が流れていて、その向こうには十四キロにもわたって白い砂浜が続いている。

彼はプールを回り、街灯のない舗装された小道を下っていった。視線の先には、桟橋とつながる芝生と小さなガゼボ（西洋風のあずまや）があり、柵にもたれて座るピートの姿が見えた。急に胸が早鐘を打ち始め、彼は危うくワインの瓶を落としそうになった。脳裏には光の速さで、様々な思いが去来した。あのガゼボは、妻ケイティーのお気に入りの場所だ。妻と娘そして義理の息子の三人が、マックを狙う暗殺者に殺されたあとも、取り壊すことができずにいる。

小道に立っているマックに気づき、ピートが手を振った。マックは彼女に歩み寄り、隣に座った。

「どこに行ったのかと思ったよ」

「ここに来たいと、ずっと思ってたの。すてきな場所ね」

そう言ってから、彼女はマックの顔をのぞきこんだ。

「どうかした？」

「いや、なんでもない」

マックは、笑みを浮かべてみせた。

ころだ。

「ワイン、飲むだろう？」

ピートがガゼボのテーブルに用意していたグラスにワインを注ぎ、二人は水路を見やった。灯《あか》りのついた家の向こうには、旋回橋も見えている。ここは、本当に静かで美しいところだ。

「ケイティーは夜、よくここに座ってたよ」

小さな声でマックは言った。

「だが明け方のほうが気に入っていて、鳥を見るのが好きだった。特にペリカンをね」

ピートはなにも言わず、ただ彼の話に耳を傾けた。

彼はＣＩＡで働いていた頃、当時ロシアで〝モクリエ・デラ〟とも呼ばれた秘密作戦《ブラック・オペレーション》に参加していた。つまり、彼は特別な訓練を積んだ暗殺者、アサシンだった。

ピートの推察どおり、マックは妻のことを思い出していた。彼女は娘のエリザベスが二歳の時、彼に最後通告を突きつけた。ＣＩＡをとるのかそれとも家族をとるのか、すぐに決めてほしいと。

そんな時、チリで将軍を暗殺せよとの任務が下った。将軍は肉屋《ブッチャー》と呼ばれ、千人以上を拷問し、殺してきた残忍な男だった。

任務は過酷を極め、マックはメリーランド州チェビーチェイスにある自宅に戻った時、身体的にも精神的にもぼろぼろの状態だった。この疲弊を癒すため、彼は結婚生活や仕事から逃れ、一人スイスへと渡った。

そこで出会った一人の女性が、マックに想いを寄せた。彼女はスイス連邦警察局の捜査官で、ＣＩＡの暗殺工作員を見張る役割を負っていた。しかししばらくして、彼が帰国を決心した頃、彼女は何者かによって殺された。

これと同じような悲劇が、またフランス人女性の身にも起こった。彼に恋をした彼女は、想いを断ち切ることができずにマックを追った。そしてワシントンまでやって来た時、爆弾テロに巻きこまれ亡くなってしまった。

妻、娘、娘の夫の三人も暗殺者の手にかかった。そのすべてが、これまで自分が成功させてきた任務に関係していることは明らかだった。

成し遂げた数々の仕事に、疑問を抱いたことは一度もない。それでもいつも悪夢の中の彼の手は、血で真っ赤に染まっていた。自分に関わる女性たちは、みんな命を落とす運命なのだろうか。だとしたら、ピートも……。マックの心は暗く沈んだ。

「ここに来るべきじゃなかったわね、カーク」

マックをファーストネームで呼び、ピートは遠慮がちに目を伏せた。

「そんなことない。僕が住んでいるケイシーキーを、君に見せたかった」

「ケイティーのことは、話してくれないの？」

「少しずつ話していくつもりだ、時間をかけて。明日は君を大学へ連れていくよ。サラソタのニューカレッジ・オブ・フロリダのオフィスを見せて、昼食はセント・アーマンズ・サークルの〈クラブ&フィン〉にしよう」

「あなたとケイティーの行きつけの店？」

その時、水路を通るボートが二回ホーンを鳴らし、旋回橋が動くのが見えた。マックはピートの問いかけには答えず、水平に回る橋桁を見守った。

特殊任務から離れ、彼は一時、ＣＩＡの作戦本部として知られる国家秘密局《NCS》に籍を置いていた。しかし、そこでの仕事は机に縛られているようで好きにはなれず、更に臨時最高責任者に選ばれたことで窮屈さは増していった。

彼はＣＩＡを辞める決心をし、小さな州立教養大学《リベラルアーツ》ニュー・カレッジで非常勤教授の職を得た。哲学の教鞭《きょうべん》を執る彼の専門は、十八世紀のフランスを代表する哲学者ヴォルテールだ。彼の言葉はいつも本音で、嘘《うそ》や曖昧さや説教がない。

〝常識は、それほど常識ではない〟

〝無実の人間を有罪にするより、罪ある人間を救う危険を冒すほうがいい〟

また、マックが一番好きな言葉は、皮肉にも彼が普段考えないようにしてきた言葉でもある。〝殺人は罪である、故に殺人者は罰せられる。華やかなトランペットの音とともに、大勢の人間を殺さない限り〟

ヴォルテールの名言について意見を戦わせる若い学生たちは、教授が昔、凄腕のアサシンであったとは夢にも思っていないだろう。

「ケイティーとは、よく冬の肌寒い日に、その店に行ったよ」

マックはピートの目をまっすぐに見た。できるだけ互いに正直でいることが、今の二人には必要なのだ。

「無理をしないで」

ピートも、彼を見つめ返した。

「でも、これだけは言っておきたいの。あなたを愛してる。この先に進むのか進まないのか、それはあなた次第よ」

「僕も考えているんだ」

長い沈黙のあとでマックは言った。

「考えてるって？」

「どんなふうに君に愛を伝えればいいんだろうってね。でも……」

彼の言葉に、ピートは切なげに微笑《ほほえ》んだ。

「でも？」

「君が怖くて言えないんだ」

顔をのけぞらせ、ピートが笑い声をあげた。心からの、掛け値のない笑い声だ。マックはその心地いい響きを、ずっと聞いていたいと思った。

「その調子よ、マック。私も、あなたをあまり怖がらせないようにするわ。約束する」

プールサイドの固定電話が鳴り、二人の笑い声は止んだ。こんな時間に、しかも固定電話にかけてくる人物は一人しかいない。マックは呼び出し音を聞きながら、友人のオットー・レンケの顔を思い浮かべた。オットーはＣＩＡ特殊作戦部の主任で、サイバー部門のスペシャリストだ。また公私ともに近しい彼は、マックが最も信頼している人物でもある。

「たぶん、オットーだ」

電話のほうへ歩いていくマックに、ピートもついていった。

「もしもし」

スピーカーフォンに切り替え、マックは応えた。

「テレビをつけろ」

いきなり聞こえてきたオットーの声は、上擦っていた。なにか大きな問題に直面した時の少し興奮した声だ。

「どこのテレビ局でもいいから、早く」

プールに面したガラス戸を開け、マックはキッチンへ急いだ。リモコンのスイッチを押したとたん、ＮＢＣテレビのアンカーがアトエイス倒壊を報じる声が聞こえてきた。映像はすべて、携帯電話で撮られた動画で、あらゆるアングルから倒壊の様子が捉えられている。

『ビルは四階部分から壊れ、五十七丁目の通りへ崩れ落ちました。隣接するカーネギーホールも、倒壊したビルの瓦礫《がれき》で深刻な被害が出ている模様です』

「これはアクシデントではないわ」

映像を見て、ピートがささやいた。

「ニューヨーク市民も同じ気持ちじゃないかしら。まるで、億万長者たちへの報復のように見える」

「ＩＳＩＳはすでに犯行声明を出している」

オットーの言葉に、マックは首を傾げた。

「被害者の話は？」

「まだ入ってこない」

「アルカイダの真似をしたんだろう」苦々しい思いで、マックは続けた。「だとすれば、次もあるかもしれない」

「そう、こっちも、みんなそれを心配してる」

オットーの声は急に、重々しい響きを帯びた。

「君にも集合命令が出たぞ」

「分かった。ピートも連れていく」

「ＣＩＡの専用ジェットをそちらに向かわせてる。軍用機以外で飛ばせるのは、その一機だけだった」

第九章

明け方近く、マックたちを乗せた小型ジェットのガルフストリームG280は、ワシントンDCに最も近い空軍基地、アンドルーズ統合基地に着陸した。

「手狭ですみませんでした。今、大勢のVIPがジェットを必要としているもので」

パイロットは、席数の少ない小型ジェットしか確保できなかったことをマックたちに詫《わ》びた。アンドルーズからは、オットーが手配したCIAの公用車に乗り、ラングレー空軍基地へと向かった。後部席にはテレビ電話が備え付けられているので、移動途中でも情報交換ができる。

「眠いところすまないが、進捗状況を報告させてくれ」

画面に映ったオットーは痩《や》せ形で、長い赤毛の髪をポニーテールにしている。広い額と大きく見開かれた目がアインシュタインを連想させる彼は、コンピューターの世界では知らない者がいないほどの俊才である。マックを含めCIA上層部からの信頼も厚く、中にはその明晰《めいせき》さ故、彼を恐れる者さえいた。

「一夜明けた状況は？」

さっそく、マックはオットーに尋ねた。

「あまり思わしくないよ、マック。ただ、FBIが目撃者を二人探し出した。ビルが崩壊する直前、中から出てきた男を見たらしい」

「一人で出てきたの？」

画面をのぞきこみ、ピートが首を傾げた。

「そうだ」

「その二人の目撃者は、なぜ男を覚えていたのかしら？」

「五十七丁目で立ち止まり、現場から半ブロックしか離れていない場所から、一部始終を眺めていたらしい。みんなが騒ぎ出した時には、もういなくなっていた」

「どんな男？」

「長身で、服装はダークスーツ」

抑揚のないオットーの声が、静かな車内に響いた。

「目撃者の一人は、男は金髪でスカンジナビア人だったと言い、もう一人は黒髪で軍隊風の丸刈りだったと言ってるよ。特に女性の証言は二転三転してる」

「崩壊の原因はなんだったんだ？　四階が爆発したっていうのは本当か？」

マックの質問に、オットーは大きな目をくるりと回した。

「それが、爆発物の証拠はまだ見つかってないんだ。ただ、二台の携帯電話で撮られた崩壊前の動画がある。それによると、崩れる前に、ずいぶん揺れていたことが分かっている」

「風が強かったからかしら」

ピートは腕組みをした。

「高層ビルは、風で揺れるものでしょう？」

「いや揺れたとしても、最大五センチほどらしい。ＦＢＩのテロ対策グループが、入手した映像を見せてくれると言ってる。それによると、アトエイスは垂直の状態から左右にそれぞれ三メートル以上揺れていたそうだ。うちの科学捜査班も、エンディコットというＦＢＩのチーフ・エンジニアと同意見だよ」

「風じゃないとすると、原因はなんだ？　高層ビルの天井には、カウンターウエイトがついているはずだろう」

マックの疑問に、オットーも大きくうなずいた。

「エンディコットは、三メートルもの揺れは普通では考えられないと言っている」

「確かに、そうだ。彼と話がしたいな」

「今日のうちに合同ミーティングを予定している。ペイジが君の出席を望んでるぞ」

ウォルト・ペイジはＣＩＡ長官《DCI》で、歴代の長官たちがそうであったように政治的なつながりが強い人物だ。またアメリカの情報機関に身を置くほとんどの高官たちがそうであるように、現場で情報活動をした経験がなかった。マックとつかず離れずの関係を続けている彼は、独立独行のマックのようなタイプの人材が、時には第一線にいるべきだと心得ているのだ。

「生存者は？」

「残念ながら、まだ見つかってない。瓦礫の撤去作業を進めているところだ。ただ、ビルの中にいた人々は限られていた」

手元の資料に目を落とし、オットーは続けた。

「六フロアで仕上げ作業をしていた作業員が十四人、パーティーを開いていたジョージ・キャラハンという開発業者とそのアシスタントのメリッサ・サンダース、四十階のセキュリティー・センターにいた警備員が四人、ニューヨーク・フィルハーモニックの室内管弦楽団員が四人、あとはパーティーのゲストたちだ」

「ゲストはロビーにいたの？」

ピートが訊《き》いた。

「ペントハウスにいた。グランドオープンは来週の予定だったらしい」

「おそらく、ペントハウスを買った人物のための、個人的なパーティーだったんだろうな。一億五千万ドルのコンドミニアムだ。持ち主は大物に違いない」

マックの言葉を受け、オットーが付け足した。

「ハリド・セイフというＵＡＥドバイのオフショア投資銀行のオーナーで、資産は三百億ドル以上だよ」

「パーティーの人数は？」

「キャラハンとアシスタントを含めて七十七人。アシスタントとゲストの愛人たち以外は、みんな世界中から集まってきた億万長者だったはずだ。プレイヤーと呼ばれている彼らは、ちょうど今頃ニューヨークのアート・オークションに来ていて、次はカンヌ国際映画祭の最終日、翌週にモナコグランプリ、六月中旬のバーゼルのアート・フェアと行く予定だった」

億万長者たちの旅程を聞き、マックの頭になにかが引っかかった。

「カンヌとモナコの正確な日にちは分かるか？」

「五月二十二日がカンヌの最終日、モナコのレースがその二日後だ」

「じゃあ可能性としては、その一週間か十日後、サーキットの合間にプレイヤーたちがニューヨークに戻ってくるのかもしれないな」

マックの考えが読みきれず、ピートは首を傾げる。

「なぜそう思うの？」

「自分たちが購入した超高層コンドミニアムに集まるからさ。そして、そこが狙われる二つ目のペンシル・タワーになるんじゃないか？　ほとんどが入居を終えているだろうし、マンハッタンの高層ビルは百棟以上。困ったことに、すべてが万全な安全システムを備えているとは言えない。私の勘では、モナコのあとに二度目が起こる。油断して集まるプレイヤーたちを待って」

マックは息をつき、苦笑いを浮かべた。

「もしフランスへ行くことになるなら、防弾機能付きのパスポートとIDが必要になるな」

彼は以前、フランス国内治安総局《DGSI》と揉《も》めたという過去があり、当局にとっては、受け入れがたい人物《ペルソナ・ノン・グラータ》なのだ。

「長身のダークスーツ男を追うつもりなら、大博打《ばくち》になるぞ。その男がカンヌやモナコに現れるかどうかも怪しいものだしな」

オットーはにやりと笑った。

「君の言うとおり大博打かもしれない。その男がクロだとして、どうやってプレイヤーたちに近づく？　少なくともその中の何人かをニューヨークに呼び寄せ、別のビルのグランドオープンに参加させなきゃならん。サーキット巡りを中断させるのは至難の技だ」

コンピューターの画面に目をやり、オットーは言った。

「ペンシル・タワーは十五棟だぞ」

「時間はないな。君はFBIから話を聞いてくれないか。私はピートとニューヨークの情報収集をする。犯人にプレッシャーを与えるためにもね」

「私は実行犯が、ISISの工作員ではないような気がするの」

ピートの意見に、マックも賛成だった。

「ああ、そうだな。だが、ＩＳＩＳの仕業と思わせたい誰かの仕業なのは間違いない」

「サウジアラビアか……」唸るような声で、オットーが呟《つぶや》いた。「９・１１の時も関与していた」

「ＩＳＩＳのせいにしておけば都合がいいしな」

マックの言葉を受けてピートはうなずいた。

「むしろ、ＩＳＩＳは喜んで手柄を自分のものにしたいでしょう」

「もしそうだとしたら、相当な危険を冒していることになる。利益を得るどころか、地獄が待ってるんだからな」

ＣＩＡ長官のウォルト・ペイジはスパイの元締めというより、ニューヨークの銀行家という風貌だった。マック、オットー、ピートの三人が彼と顔を合わせた時、ＣＩＡ本部長のマーティー・バンブリッジや同じくＣＩＡ法務顧問のカールトン・パターソンの姿は見えなかった。このような非常事態に、局内で最も古株である二人が呼ばれないのは異例のことだ。

「来てくれてありがとう」

ペイジは三人の顔を順番に見やった。

「テレビ報道とオットーの話が、今のところ我々の情報のすべてだ」

「でも、捜査のアイデアはあります」

マックが言うと、ペイジは微《かす》かに笑みを浮かべた。

「そう言うと思っていたよ。ＦＢＩやニューヨーク市警察《NYPD》との合同ミーティングもあることだし、君の考えを発表してくれ」

「まずは、ミズ・ボイランとニューヨークへ飛んで、情報集めをしたいんです。またガルフストリームを使わせてください。それから新しい進捗状況も知りたい」

「合同ミーティングでの情報なら、私が逐一報告するよ。ダーリンが拾ったものもすべて教える」

オットーは自信を持ってマックに請け合った。彼の開発したプログラムは、すべての電子データベースを休むことなく監視できる。このプログラムのことを、彼は愛情をこめて〝ダーリン〟と呼んでいた。

「マーティーやカールトンとは、会わなくてもいいのか？」

ペイジに尋ねられ、マックはきっぱりと言った。

「会う必要はありません。挨拶をしている時間もないですし」

「もう、なにかつかんでいるんだな？」

少し驚いた表情で、ペイジは訊《き》いた。

「ええ、まだ確かではありませんが。９・１１のように、二つ目のビルが狙われているかもしれません」

「ああ、神よ……」

思わず呟き、ＣＩＡ長官は顔を曇らせた。

第十章

カマルの邸宅は、モナコ湾のゴルフブリュやロクブリュヌを望む広大な敷地に建っていた。面積九百三十平方メートルのこの家を、彼はロジャー・ハーコットという偽名で四年前に購入した。コペンハーゲンのデザイナーに内装を頼み、五つの主寝室と八百平方メートルのテラスを備えた家の価格は、当時七千五百万ユーロ。更にインフィニティ・プールを増設するため、二百五十万ユーロを支払った。おかげで秘密の銀行口座は空っぽになってしまったが、彼はあまり気にしていなかった。なぜなら、ここは住む家というより投資の手段に過ぎないからだ。いつか引退する日が来た時、生活のクオリティーを下げずに暮らすためには、このくらいの投資は必要だと判断したのだ。

ニューヨークからファーストクラスで帰国した彼は、今度は列車に乗りパリからモナコへと移動した。モナコから自宅まではタクシーを使う。多少のだるさを感じてはいたが、疲れてはいない。夜、大西洋を渡る間に、充分な睡眠が取れたおかげだろう。

明日はベントレーのコンバーチブルに乗り、カンヌへ行く予定だ。VIPパスを持っているのですべての映画やイベントがフリーパスだ。だが、その二日後にはまたここへ戻り、モナコグランプリへ向かわなければならない。

次に狙うペントハウス・パーティーは、ニューヨークの国連ビル近くで開かれる。〝タワー〟という名のペンシル・タワーの一つで、アトエイスと同じ方法で破壊することになっている。どうやらＩＳＩＳは、ワールドトレードセンターを襲ったアルカイダのやり方をなぞりたいらしい。

もうセイフになりすますことはできないので、別の人物を考えなければと彼は考えていた。カンヌやモナコに集まるプレイヤーたちの興味を引くような、また彼らの好奇心を掻き立てるような人物。つまり超億万長者たちが大好きな、金の匂いを発散させている大物を。彼には、プレイヤーとして認められ、あの国連ビルの隣のペンシル・タワーへ招待される必要があった。

崖の上に建っているカマルの家は、視覚センサーで守られている。彼を乗せたタクシーが到着した時、従者のイヴ・ジャーメインはすでに玄関の外にいた。

「おかえりなさいませ、サー。お仕事のほうはいかがでしたか？」

イヴは五十代前半で、中肉中背の引き締まった体形をしていた。元の雇い主であるロンドン在住のイギリス人男性が他界するまで仕えていたが、今はこうしてカマルの世話をしている。カマルは彼を使用人雇用目録で見つけ、この邸宅が建った直後に簡単な面接をして採用を決めた。礼儀正しく、決まり事に忠実で、主人の私生活には決して踏みこまない、理想的な従者である。

「上々だったよ」

カマルは、イヴにうなずいてみせた。

「今夜はカジノへ行ってから夕食にする。明日から二日間は、マジェスティック・ホテルに滞在だ」

この予定は、エリートたちに顔見せをするための最初のステップだ。

「お召し物の準備はできております。カンヌ行きのお荷物の用意も済ませました」

「ありがとう。まずシャワーを浴びるよ」

「失礼ですが、その前に……」

言い淀《よど》んだあと、イヴは続けた。

「実は、紳士がモナコ・テラスでお待ちです」

イヴを雇って三年、カマルは初めて失望を感じた。最も厳密に守るべきルール、それは決して誰も家の中へ入れてはならない、ということだった。

「誰だ？」

いらだちをかろうじて隠し、カマルは尋ねた。

「サンドハースト時代のご学友とか。お二人ご一緒の写真を、何枚もお持ちで。どれも制服やくたびれた運動着をお召しの写真でした」

カマルはその〝紳士〟の正体がすぐに分かった。いったいどうやって、ここが分かったのか。無言の主人に、イヴは訊いた。

「お引き取り願いましょうか？」

これはカマルの鉄壁の匿名性を脅かす、小さな割れ目だ。忠実な使用人に向かい、彼は無表情で答えた。

「いや、いいんだ。古い友達だから。ただ、あまり突然だったので驚いた。私はサプライズが嫌いでね」

「承知いたしております、サー。テラスに、なにかお飲み物をお持ちいたしますか？」

「まだいい。あとで声をかけるから」

従者は主人のカバンを持ち、主寝室へと消えていった。

カマルがモナコ・テラスと呼んでいる南東向きのバルコニーに、ハンドラーであるサウジの情報部員は座っていた。

「サアド」

カマルは彼の名を呼んだ。

「私の名を知っていても、べつに驚かないよ」

サアドは答え、カマルに向き直った。王族の王子が又従兄弟《いとこ》にあたる彼の外見は、民族の特徴を色濃く受け継いでいた。肌の色は浅黒く、鼻は突き出ており、瞳は暗い茶色をしている。

「おまえがこの場所を知っていることには、驚くべきかな?」

偽の写真まで用意して、ここへやって来たサアドの用向きはなんだろうか。カマルは客から距離をおき、プールへと続く階段で立ち止まった。ポリカーボネート樹脂の手すりに寄りかかり、地中海を眺めてみる。今日も海の青色は鮮やかで、波は穏やかだ。岸から離れて南へ向かうメガヨットが見えるが、サンレモかジェノバから来た船だろうか。リベリアの旗をつけているが、自国へ戻ることはないだろう。どうせ、カンヌへ向かっているのだ。

「ニューヨークの仕事、成功おめでとう。期待どおりの効果だ」

サアドは言った。

「注目を集めることはできたな」

「ああ、そのとおり。金はPSP銀行に振り込んだ」

「あとで確認する」

「ただ、一つ問題があってな」

「問題?」

カマルは、テラスの椅子に座っているサアドを振り返った。

「実はISISの犯行を疑問視する声が多くてな」

「犯行声明のタイミングが早すぎたからさ。それに、その問題は私には関係のないことだ」

「そう、的確な意見だ。だが、おそらく二度目の攻撃は見合わせることになるだろう」

「なぜ？」

サアドがカマルの横へやって来て、南へ向かうヨットを見やった。

「チーアンが新居のお披露目《ひろめ》パーティーを延期するらしい。モナコのあとになりそうなんだ」

チーアン・チャンは香港の不動産王で、中国政府からの絶大な支持と卓越した才能で、のし上がってきた男だ。国連ビルの隣に建ったコンドミニアム、タワーをジョージ・キャラハンから二億一千万ドルで買っており、自他共に認める世界的大物である。彼はおそらく、キャラハンを〝うさん臭い西洋の商売人〟と思っていることだろう。にもかかわらず、彼個人、あるいは会社名義で、西半球で最も高額なコンドミニアムを購入したのだ。

「だからなんだ？」

カマルは首を傾げた。

「数十人の超億万長者の中の一人が、倒壊したビルの犠牲になろうがなるまいが、大した違いはないだろう」

カマルの言葉にサアドは両手を広げてみせた。

「そうじゃない、巻き添え被害のことを言ってるんだ」

カマルは、この話にはまだ裏があることを感じ、微かに身構えた。

「イヴ」

大きな声を出すことなく彼が従者を呼び、同時にテラスに面したスライド・ドアが開いた。「ご用でしょうか?」

現れたイヴに、カマルは言った。

「クリュッグのボトルを用意してくれ」

「一本冷えております」

イヴがまた屋内へ戻るのを待って、サアドは尋ねた。

「あの使用人は、どれぐらいおまえのことを知っているんだ?」

「あまり知らないさ。私がおまえのことを知ってるのと同じ程度だ」

「あの男に命を預けているようなものだぞ」

サアドの言葉に、カマルは微かに笑みを浮かべた。

「命を預けているのは彼のほうだ。それで……」

カマルは腕組みをして浅黒いハンドラーの顔をのぞきこんだ。

「まだ、話が見えてこないんだが」

「もうおまえの任務は完了した、というメッセージを届けるために来たんだ。アメリカはおそらくISISに主導権を渡すまいと、総攻撃を仕掛けてくるだろう。しかも、広範囲への攻撃ではなく、9・11のあとにパキスタンでアメリカ海軍特殊部隊《シールズ》がウサマにしたような限定的な攻撃をな」

　カマルは耳を疑った。

「私に手を引けというのか？」

「そうだ、作戦から降りてもらう。報酬は二十四時間以内に必ず、口座へ入金されるはずだ。おまえはよくやってくれた」

「まだ終わっていない」

　納得できないカマルに、サアドは厳然とした口調で言った。

「いや、終わったんだ」

　テラスに戻ってきたイヴが、テーブルの上にアイスバケットとファベルジェのフルートグラスを置いた。アイスバケットには、程よく冷えたシャンパンのボトルが入れられている。

「お注《つ》ぎしましょうか？」

　尋ねられたカマルは、小さな声で言った。

「いや、いい」

　イヴが足早に下がり、カマルは二脚のクリスタルグラスに琥珀《こはく》色のシャンパンを注いだ。

「サウジアラビアで、これは楽しめない――」

　グラスを傾けながら、サアドは言った。

「――少なくとも庶民はな」

「計画を遅らせる本当の理由はなんだ」

カマルの鋭い目が、サアドを見つめた。

「五月二十九日に、なにがあると思う？」

サアドの問いかけに、カマルは首を振った。

「九日後か」

「ああ、ユニセフの国際ユースデーが八月から五月の二十九日に繰り上がったんだ。その日の午後、約三千五百人の子供たちが国連総会ビルに集まって、世界中の音楽やダンスやマジックを楽しむんだ」

こう話したあと、サアドはカマルの視線をまっすぐに受け止めた。

「タワーから三百メートルしか離れていない場所でな」

＊　　＊　　＊

カマルは、暗号化されたアトランタの電話番号を押した。二度の呼び出しで応答した声は、雑なアルゴリズムによって歪《ゆが》められている。

「なんだ」

「例の人物の調査ファイルを送ってくれ。数日後に会いに行く」

「待ってる」

数十秒の短い会話を終え、カマルは電話を切った。

第十一章

サアド・アルサーカルが受け取った暗号化された携帯電話のメッセージは、シンプルに『来い』の一言だった。真夜中過ぎ、彼を乗せたギリシャ船籍の大型貨物船スピロス号は、穏やかな春の地中海を進んでいた。目的地はシリア国境から数キロしか離れていないトルコの港、イスケンデルンだ。貨物の内容は、携帯電話、コンピューター、テレビ、小型冷蔵庫、エアコン、扇風機、そして二十四基のポータブル発電機。すべては、ロシアへ運ばれる途中の中国製品である。

四十代前半のサアドの肌は浅黒く、目鼻立ちははっきりしている。その端整な顔立ちは、若かりし頃のエジプトの大スター、オマール・シャリフによく似ていた。

また彼は一時期、サウジアラビア人の女性と結婚していたことがある。二人が結婚したのは、カマルがカリフォルニア大学バークレー校で英文学と国際関係学を学んでいた頃だ。しかし卒業後にスカウトされたサウジアラビアの情報機関から、結婚は許されないと告げられた。彼女はあまりに欧米の生活に慣れてしまっていて、米国運転免許証を持ち、頭にスカーフを巻くこともなかった。

「サウジアラビア総合情報庁《GIP》での最初の一年は、基本的な勉強のために費やされる」

人材部のスポークスマンは言った。

「暗号学、種々多様の武器、そして諜報《ちょうほう》活動に必要な知識のすべてを身に付けてもらう」

個人面接は、リヤド西部の名もない建物の窓のない部屋で行われた。彼に着席を促すこともなくテーブルの向こう側に座った三人の面接官は、みんな西洋風のスラックスをはき白い開襟シャツを着ていた。

「本当の勉強は二年目からだ。もし、君がそれまで辞めていなければだが」

中央に座っている年嵩《としかさ》の面接官が、ぞんざいな口調で言った。

「家族への忠誠心も問われるだろう」

白髪頭の面接官は、カマルの表情をじっと観察した。

「つまり君の家族に対してだ」

「当然です。私にも王族の血が流れていますから」

サアドのプライドが、胸の中で小さな火花を散らした。大学を出たばかりで若かった彼は、まだ恐れというものを知らなかった。

「ビン・タラールが従兄弟だな。それがなければ、君はこの席に座ってはいない」

面接官の落ち着き払った声が、窓のない部屋に響いた。

「そうですか」

「それから知っているとは思うが、同胞以外の女性との結婚も禁じられている」

サアドは妻のサラを愛していたが、いつかこんな日が来ることも覚悟はしていた。この場所へ来る前〝サウジ・フランシ銀行の面接を受けて来る〟と言った彼に、彼女はきっぱりと告げた。

「もしあなたが合格して、海外駐在が決まったら私も一緒に行く。でもサウジアラビアにだけは、住むつもりはないわ」

故郷に戻りたくないという彼女の意志は固かった。

妻を愛する気持ちに変わりはなかったが、彼はこの時に下した自分の結論を、悔やんだことはなかった。

この数年後、サアドはサラがドイツ人の化学エンジニアと再婚しベルリンに住んでいることを知った。


船を降りたサアドを待っていたのは、運転手と一台の自家用車だった。彼はなにも言わず後部座席にカバンを放りこみ、車に乗った。

トヨタを運転する男はひげを剃り落としていて、ジーンズの足元は軍用ブーツ、カーキ色のシャツの袖は、肘のあたりできっちりとロールアップされていた。

内陸の丘に向かって二十分、車は会話のない二人を乗せ進んでいった。間もなく到着した場所には、今にも崩れ落ちそうな二階建ての一軒家があった。周りはコンクリートのブロック塀で囲まれており、更に外周を同じように朽《く》ちかけた家々が取り囲んでいる。

中に入ることを許されたサアドは、鉄の門の向こうへ足を踏み入れた。続いて、黒々と顎ひげを生やした若い男の案内で、二階へと上がっていった。

アブ・サファン・アルリファイは、ISIS治安情報部の副司令官だった。サアドが部屋に通された時、彼はちょうど携帯電話で話をしているところだった。机の上には無造作にカラシニコフのアサルトライフルが置かれている。

三十代半ばのアルリファイは、皺一つないカーキ色の軍服を着て、面長の顔に整えた口ひげと顎ひげを蓄えていた。

二人が実際に顔を合わせるのは、これが初めてだ。これまで、会話は携帯電話で済ませ、金の受け渡しはインターネットを介し、クーリエ便を利用した物資のやり取りは、それぞれ一回ずつパリとブリュッセルで行ってきた。だがもちろん、彼の最低限の経歴とともに二枚の写真が添えられている人物調査書を、サアドはすでに手に入れていた。

今現在、アルリファイの名は、アメリカの最重要指名手配リストに入っている。そんな彼とこうして会うのは、自分の身も危険にさらしていることになるのだ。

通話を終えたアルリファイは、ポケットに携帯電話をしまった。

「なぜ、まだ二棟目のビルをやらない？」

独特のイントネーションの英語で、彼は話した。

「チャンのパーティーが延期されたからだ。その上、ニューヨークは厳戒態勢で、専門家は二度目の攻撃を想定して警戒を強めてる」

サアドの答えにいらだち、アルリファイは激しい剣幕で怒鳴った。

「じゃあ期待どおり、攻撃してやれ！」

「工作員には、次の行動は慎重にと伝えてある」

「いや、違うだろう！　手を引け、と言ったんじゃないのか？」

「それが、うちの上層部の意見だからな」

怒りに顔を歪め、アルリファイはサアドを睨《にら》みつけた。

「臆病者め！」

「ほかにも考慮すべきことはある」

怒り心頭に発するＩＳＩＳ副司令官を前にして、サアドは氷のような冷静さを保っていた。サウジアラビア総合情報庁《ＧＩＰ》の情報部員として活動を始めた初日から、彼には自分の将来の姿が分かっていた。世界中を飛び回り、様々な交渉に関わり、自由に行動する。そしていずれは、自分の正しさが証明されるだろう。サラが抱いていたような祖国への反抗心と、王族と血のつながりを持つ者としてのプライドが相まって、独創的な仕事ができるに違いないと。

彼は確かに、ＧＩＰの中で最も優秀な情報部員になった。血縁のコネクションもあり、高度な教育を受け、天賦の才にも恵まれている。このまま大きな失敗さえしなければ、必ず最高幹部、あるいはそれに近い地位にまで上り詰めることができるはずだ。

今回の任務は彼にとって、今までになく大きな仕事となることは間違いなかった。

「なにが〝考慮すべきこと〟だ、臆病者めが！」

アルリファイの怒鳴り声を背中で聞きつつ、彼はドアへと向かった。

「背を向けるなら、おまえも、リヤドも覚悟しろ！　またビルをやるんだ！」

「ＩＳＩＳも火の粉をかぶりますよ。それでもいいんですね？」

振り返ったサアドにアルリファイは、口角泡を飛ばして言い放った。

「もちろんだ！　異教徒をここへ連れて来い。ドローンやロシアのジェット機などどうでもいい。我々がほしいのは、血祭りにする生身の体だ！」

「よく分かりました」

サアドはゆっくりとうなずいた。


「この任務は完了した」

アトエイスが巨大な瓦礫の山と化したあと、サアドの上司、ファレス・ムスタファ大佐は言った。

「理由を訊いてもいいでしょうか？」

尋ねるサアドに、彼は首を左右に振った。

「駄目だ」

二人は、とある銀行家の屋敷で会った。サアドが以前、就職を考えていた銀行のオーナーの家だ。

「意図していなかったことが起こる前に、サウジは手を引く」

上司はそれだけ言い、短い会話を終えた。

第十二章

マックとピートは、五十七丁目と九番街の東側に設置されている、超大型トレーラーへと入っていった。国土安全保障省《DHS》、国家事態管理システム《NIMS》が管理する臨時の司令部には、十五人のオペレーターが二十四時間体制で詰めていて、二百名を超える捜査官たちから寄せられる情報をコンピューターで管理している。

現在、五十六丁目から五十七丁目、九番街から六番街の区画は完全にシャットダウンされていて、ラングレー空軍基地での合同ミーティングに参加したオットーの見方では、瓦礫の撤去と現場検証のため、封鎖はこの先何カ月も続くだろうということだった。

六台の巨大なクレーンが切り取ったコンクリートのかたまりを取り除き、軍隊のブルドーザーが細かい瓦礫をすくい出す。それらはすべてトラックで対岸にある鑑識の投棄場所へと運ばれていくのだ。

ＮＩＭＳの司令官として現場の指揮を執るのは、アラン・フランケルだった。ラングレーでブリーフィングを終えたウォルト・ペイジ長官が、忙しい彼に代わってマックやピートと会うよう話を通しておいてくれたのだ。フランケルは二年前に引退したばかりの四つ星階級章を持つ元海軍大将で、迅速に命令を下すことを旨とし、また部下にも同じように素早い対応を望む。しかし考え方は非常に柔軟で、いつでも新しいアイデアに耳を傾けられる人物でもあった。

ひっきりなしに鳴る電話やファックスの着信音、幾重にも重なるオペレーターたちの声、際限なく書類を吐き出し続けるプリンター。フランケルは今、まさしく地獄絵図の様相を呈しているヘッドクオーターの中で、束になったビルの設計図をにらんでいた。

「ああ、CIAの二人だな?」

やって来たマックとピートを見て、彼は言った。

「二、三、質問をしに来ました。司令官の貴重なお時間は取らせません」

マックの言葉にうなずき、彼は司令部の出口を指差した。

「ついて来てくれ」

二人はフランケルに続き、およそ半ブロック、十八メートル先のアトエイス崩落現場に向かった。跡形もなく消えてしまった超高層ビルの跡地には、四階部分の桁が数本残されている。どうやら上階から地面に落下した残骸より、下階のほうが比較的そのままの形をとどめているようだ。そんな中、驚いたことにエントランスのガラスドアだけが、奇跡的に無傷で残されていた。メディアはこぞってこのドアにカメラを向け、悲劇の象徴として取り上げた。ビルの内部にいた人々が、崩壊の直前このドアの側にいたなら、命を落とすことはなかったのだ。

「カーネギーホールに落下した瓦礫の撤去は始まっている。落下の三十分前に、観客全員が退避を終えていたのが不幸中の幸いだった。しかし、ホールに残っていた六人は犠牲になった。おそらく警備員だろうということだ」

「ほかに生存者は？」

沈痛な面持ちで尋ねるピートに、フランケルは答えた。

「いてほしいと、心から願っているよ。スタッフの話によると、地下に電気作業員が四、五人残って作業していたらしいが、いまだ発見に至っていない。少なくとも、三十六時間は経過しているんだが」

九番街沿いに渡された立ち入り禁止テープの向こう側から、大勢のニューヨーク市民たちが現場を見つめていた。また、地元はもちろん海外テレビ局も撮影や取材を許され、様々な角度から撤去作業を報道した。頭上では何機ものヘリコプターが、空中衝突を巧みに回避しながら飛び交っている。

ピートは、現場の惨状に圧倒された。

「文字どおり跡形もないわ」

彼女の言葉を受け、フランケルは言った。

「この超高層ビルは、床一辺の長さが五十メートルしかなかったんだ」

何事かを胸に秘めた表情で、彼はまた口をつぐんだ。

「タワー内部の様子は分かっているんですか？」

マックは質問した。

「ペントハウスでパーティーが開かれていたと聞きましたが」

「カーネギーホールより何十メートルも上方にあるペントハウスだ。生存者はいないだろう。遺体の身元確認より、ゲストたちのリストを見たほうが早い。仮に遺体が見つかったとしても、確認できるかどうか」

「四十階はどうです？」

マックの問いかけに、元海軍大将は眉根を寄せた。

「それは、我々にとって二番目に大きな疑問だ。四十階部分は、ブロードウェイの通りを越えたあたりで発見されていて、うちのクルーが約一時間前に検分を済ませた。その結果は、大統領に直接伝えたよ」

「つまり、生存者はいなかったんですね？」

「そうだ」

「四人の警備員は、ビルが崩れる前に亡くなっていたんじゃありませんか？」

「ああ……」

フランケルは注意深い眼差《まなざ》しで、マックの顔を見つめた。

「そう聞いているが」

「射殺されていたんですね？」

「二人は頭を撃たれていた。あとの二人は、遺体の損傷が激しすぎて確認は不可能だ」

「ありがとうございます」

マックは丁寧に礼を言った。

「これ以上お邪魔はしません。ですが、もう少し現場を見て歩いてもいいでしょうか？」

「いやそれは駄目だ、マクガーヴィー君。ここはまだ、危険な状況だから」

フランケルはマックに向き直った。

「ところで、なぜ警備員たちが撃たれていたと分かったのかね？」

「ただの勘ですよ。ダークスーツの男が、崩壊前にビルから出ていく姿が目撃されているので。男は一つ先の九番街で振り返って、アトエイスを見ていたそうです」

「ＩＳＩＳの工作員がビルの中にいたと言うのか？」

「いいえ、少なくとも怪しい誰かがいたはずです」

「その〝誰か〟が、なぜ警備員を殺す？」

「館内の監視システムを遮断するためですよ。館内電話やエレベーターを止めたんでしょう。エレベーターは全基一階にあったんですか？」

「そうだ。だが、業務用エレベーターだけは二十階で止まっていた。瓦礫の中心地点から六メートル離れたところで、カゴが発見されている」

「男が一階に行くために、業務用エレベーターを利用したのかも。でもなぜ二十階で止まっていたのかしら？」

ピートの疑問に、マックは肩をすくめた。

「問題は、そのカゴに誰が乗っていたかってことか」

「若い女性だった。救命士の所見では、首が折られていたそうだ」

フランケルは情報を提供し、マックの反応をうかがった。

「彼女はおそらく、エレベーターで男を目撃したために殺されたんだろう。そして男はそのまま一階へ下り、エレベーターを上階へ戻した」

「酷《むご》いことを……」

「カウンターウエイトはどうなったんです？」

「五十六丁目と六番街の角にあるレストランを直撃し、その地下九メートルで止まった。残念ながら、死傷者も多い」

ビルのカウンターウエイトを制御しているコンピューターを、外部の者がハッキングするのは難しい。オットーは、システムを管理しているコンピューターに注目していて、メインフレームのハードディスク・ドライブと、更にＴＭＤのシステム制御コマンドとつながっているモデムを見たがっていた。マックがそのことを伝えると、フランケルはうなずいた。

「その二つは、できるだけ今日中に発見できるよう急ごう。ＴＭＤの装置を見つけるのは最重要事項だからな。ＦＢＩテロ対策グループにも見てもらわなければ」

「そうですね」

マックも同意見だった。オットーはＦＢＩのエンジニアに知り合いが多く、データの復元や解析を双方で協力しながら進めるつもりだった。

「爆発物の痕跡は見つかっているんですか？」

ピートの質問に、フランケルは首を振った。

「いや見つかっていない。それで、みんなは首をひねっているというわけだ。今のところ、どうやってビルが完全に破壊されてしまったのか、謎なんだ」

「カウンターウエイトのコンピューターが破壊されたのでは？」

「エンジニアたちは、それはありえないと言っている」

「地上からの目撃者たちの話では、四階に異変が起こる前、ビルはひどく揺れていたそうよ」

「それも、ありえないというのがエンジニアたちの意見だ」

目の前に広がる瓦礫の中から、何本もの桁が突き出ている。マックは破壊され飛び散った無数の生活のかけらを見つめた。机、ベッド、ソファ……。それらと彼らの間に引かれている境界線の長さは、全長約四百五十メートルだ。

「それを、犠牲者の家族や友人たちに伝えてください」

別れ際、マックがフランケルに残した一言に対して、ピートは言った。

「少し厳しい言いかただったわね」

「二回目は必ず起こる。だから、司令官にも現実を見てほしかったんだ」

第十三章

カジノ・ド・モンテカルロに到着したカマルは、非の打ち所がない仕立てのタキシードの下に、ピンクのフリル付きドレスシャツを着ていた。黒い瞳、黒い髪、二トーンほど暗めの顔色、立派なヤギひげ。ニューヨークで目撃されたダークスーツの男とは、似ても似つかない外見だ。ベントレーを駐車係《ヴァレー》に預け、パスポートを提示したら、豪華なカジノの内部へ足を踏み入れる。

地元住民は、この場所でギャンブルをすることを禁じられている。提示したパスポートに記されていた彼の名前はパブロ・バルデス、メキシコの実業家だ。

ここへ来る常連たちの中で、彼はまったくの新人でありメジャーとは言えない。今日は、カジノで顔を知られ、存在をアピールするのが目的である。大金の匂いを発散させ、誰かの興味を引けば、それで成功だ。

バルデス本人は、数週間前コロンビアで消息を絶っている。南アメリカからパナマまで逃げ回っていた彼を、コロンビア軍とアメリカ麻薬取締局《DEA》の共同捜査班が捕まえたというのが風説だ。中には、敵対するアフガニスタンの麻薬密売組織によって消された、と噂する者もいた。

だが実のところバルデスは、カマルに殺されていた。カルタヘナで、二人のボディーガードもろとも撃ち殺された彼の遺体は、郊外の人里離れた場所に埋められている。だからもし、誰かが彼の遺体を発見してしまえば、タワー破壊プロジェクトは水泡に帰《き》すだろう。

賑わうカジノの奥へ進み、カマルは両替所で専用のクレジット口座を開き、百万ユーロを入金した。更に高額チップのプラークを十万ユーロ購入したあと、バーでビールを注文した。

カジノのスタッフは、このけばけばしい服装のメキシコ人を見ても、無関心を装っている。しかし、彼らの注意を引いていることは間違いない。

これに先立ち、カマルはサアドとパリで会いミーティングをした。

「正式な仕事じゃないことは、承知しておいてくれ。私が協力できることも限られている」

サアドは釘《くぎ》を刺した。

「だが、これから数日の間に、知りたい情報も出てくるはずだ」

カマルの言葉に、サアドは小さくうなずいた。

「いつもの番号に電話しろ。必ず応答するようにする。ところで、ハリド・セイフの次はどうする？　また別の人物になりすまさなければならないんだぞ」

「問題は、どうやってタワーのグランドオープンのパーティーに参加するかだ。ペントハウスを買ったチーアン・チャンのため、やはりキャラハン・ホールディングスはパーティーを企画しているようだからな」

「アトエイスが、あんなことになったというのにか？　しかもキャラハンは死んでるんだぞ」

声を落とすサアドに、カマルはにやりと笑って見せた。

「傷を癒す薬は金に限る。キャラハンの後継者はまだ分からないが、パーティーは絶対に開かれる。延期されることはあっても、中止はない。自尊心が許さないのさ」

「後継者は、こっちで調べておく」

サアドは請け合った。

「了解した。じゃあ私は、明日カンヌに現れるプレイヤーを物色することにしよう。近づいていって骨を投げてやれば、食いつかずにはいられないはずだ。決して無理強いはせず、自ら招待状を差し出すよう仕向ける。あとは、チーアン・チャンのパーティーに向けて、着々と準備を進めるだけだ」

完璧な準備をする自信が、カマルにはあった。

「我々には大金が必要になるぞ。それも半端ではない大金がな」

サアドの言葉に、カマルは黙ってうなずいた。

カジノのバーでビールを飲みながら、カマルはその時には気にも留めなかったサアドの一言を思い出していた。組んで八年、彼とはこれまでいろいろな仕事をしてきた。サアドはサウジの情報部員であり、カマルのハンドラーだ。王族と血縁があることは知っているが、任務をこなす上で二人は常に対等な関係だった。GIPに属しながらも、ある程度の自由が認められているサアドは事実上、独立した工作員でもある。にもかかわらず、彼は確かに言った。「私は」ではなく「我々は」と。

もうそろそろ潮時なのかもしれない、とカマルは思った。少なくとも、リヤドと縁を切るべき時が来たのではないだろうか。カマルの邸宅には少なく見積もっても一億ドルの価値がある、仮に値を叩かれたとしても、取引があるセイフの投資銀行PSPを通し、五十の不動産投資がしてある。また別の人物になりすまし、別の場所で新しい生活を始めたとしても、快適に暮らすだけの余裕はあるはずだ。それも、雇い主を見つけるまでの短い間だろう。

「私は超億万長者ではないが、考えがある。彼らが、抗《あらが》うことができないなにかで、刺激してやればいいだけだ」

「それは？」

サアドの問いかけに、カマルは答えた。

「うなるほどの金さ。それも天井知らずの額のな」

「なるほど。その〝うなるほどの金〟の話を、もっと聞かせてくれ」

「パブロ・バルデスを知ってるだろう」

「もちろんだ、おまえに調査ファイルを渡したのは私だ。メキシコの実業家だろう。ただファイルの内容は人づてに聞いた話ばかりだ。あれ以上のことは、誰に聞いても分からなかった」

「まあ、大まかに言えば、彼は麻薬ビジネスに関わっている男だった」

「〝だった〟？」

「そうだ。だが売人でもなければ、供給元でもない。ましてや、キューバ政府が外貨獲得のために利用していると噂される密売組織や、メキシコやコロンビアの大きなカルテルに属してもいない」

「じゃあ、何者なんだ？」

「基本的には、ハリド・セイフの類《たぐい》の銀行家だよ。ある共通の問題を抱えている西半球すべての麻薬カルテルが顧客のな。やつらは常に、大量の現金の隠し場所に頭を悩ませているから。一オンスのマリファナ、コカイン、ヘロインを買うために、小切手やクレジットカードは使わないだろう。ドラッグ・ビジネスは完全に現金商売なんだ。例えば、何トンものドラッグがアメリカの国境を越えていけば、実際に何トンもの現金がまた国境を越えて戻ってくる」

カマルの話に引きこまれ、サアドの焦茶色の瞳は鋭く光った。

「つまり現金の洗濯屋か。レストラン、不動産、美術品、ダイヤ、あらゆる手を使って金を洗浄するが、なんと言っても一番多いのは銀行だ。現金の流れがより細分化されるせいで、尻尾をつかまれないですむ。これは常識だ」

「いや、おまえは一つ忘れてるぞ。宇宙を」

そう言ってカマルは人差し指を、ツンと上へ向けた。

「宇宙開発の国営企業、通称ロスコモス」

「ロシアか」

「そう。じゃあ、これは知ってるか？　ボーイング747四機分のパレット梱包《こんぽう》された現金が、モスクワへ飛んでることを。しかもその金はすべて、監視衛星を買い、打ち上げる費用の頭金に過ぎない。衛星が監視する地域は、カリブ海、ヒスパニオラ島、キューバ、南アメリカ国境、テキサス、ニューメキシコ、アリゾナだ」

この話に、サアドは含み笑いを浮かべた。

「アメリカ人は、きっと驚くだろう。麻薬カルテルの衛星に、常に見張られていると知ったら。やつらのほうが一枚上手というわけだ。もちろん、衛星の噂はずっとあったがね。実際、ＤＥＡがアリゾナとニューメキシコで監視塔を見つけて封鎖したことがあるくらいだ」

「監視塔など、ただの目くらましさ」

「どうやって、そのことを知ったんだ?」

GIPでさえ知り得なかった情報をつかんでいるカマルに、サアドは尋ねた。

「殺す前に、バルデスから聞いた」

サアドは首を振った。しかし、当然これは予想していたとおりの答えだった。

「いずれにしても、バルデスの顔は、よく知られているぞ」

「どの顔が?」

カマルは首を傾げた。新聞や雑誌で見るバルデスの顔は毎回違っていたし、姿を捉えた動画さえないのだ。

話の要点を理解したサアドは、改めて訊いた。

「分かった、今回はバルデスになるつもりなんだな。それで、どんな特別サービスを用意してる?」

「まず資金洗浄の手数料を五十パーセントまで値引きする。例えば、バルデスが一億ドルをロシア側に渡したとする。すると衛星が一基打ち上げられ、バルデスがチャンネル諸島に持っている銀行口座へ五千万ドル入金される。そのうち四千万ドルが、自動的にメキシコをはじめとする各国の銀行を渡り歩き、衛星というおまけ付きで戻ってくる」

「プレイヤーにとっては濡《ぬ》れ手に粟《あわ》だな」

「そう、なにもせずに、私に任せておけばいいんだからな。彼らはただ洗浄済みの金を資金にして出た利益の五十パーセントを払えばいい」

「安全な金を作り出す見返りだな」

「そう、二千億ユーロ規模の巨大ビジネスだ」

「私の親戚にも聞かせたい話だ。なにか役に立つかもしれない。ちょうど王族の一人がカンヌへ行くはずだ。当然、モナコへも行くだろうが」

サアドは言った。実はカマルも、同じことを考えたことがある。しかし、二人が組んでいることを知っている者はＧＩＰの中に必ずいる。もし王族を利用したことが知れれば、サアドは死刑を免れることはできないだろう。それにカマルも、一生報復を心配しながら暮らすのはごめんだった。そうなれば、世間から姿を消し、サウジ当局の目が届かないところで息を潜めていなければならない。

「それは、やめたほうがいい」

カマルの言葉に、サアドも同意した。

「分かってる。だが、紹介しても問題はないはずだ。実は、その男は王族直系の従兄妹《いとこ》と結婚してるんだよ」

そう言ってサアドは、肩をすくめた。

「名前はアリアン・アルハマディ。身内は、なにかと問題を起こす彼を恥に思っている。離婚させて、王宮から追い出す機会をうかがってるのさ」

「いつ会える?」

「そうだな、もし都合がいいようなら、マジェスティックのレストラン〈フーケ〉ではどうだ?　ただし、これはあくまで個人的な顔合わせと思ってほしい」

「できれば、名前は伏せたいな」

「分かった」

サアドはうなずいた。

「偽名のほうを伝えておく」

一杯目のビールを飲み終えたカマルは、二杯目のビールを注文した。ゆっくりと、そして淡々と、計画は動き始めている。彼はその胎動のようなものをはっきりと感じた。

バーを出て、常連客が集まるスロットマシーンの広間を歩いていった。常連客たちはTシャツにビーチサンダルという軽装の者もいるが、奥のプライベート・サロンにはドレスコードがある。賭け金は最低一万ユーロから始まり、最終的には十万ユーロ以上に跳ね上がるのが常だ。

今夜、彼は百万ユーロ負けるつもりだ。すべては、注目を集めるために。プレイヤーの一人でもなければ、貧乏人の一人でもない謎の男として。

第十四章

オットーはマックとピートのために、プラザ・ホテルのスイートルームを予約してくれていた。ホテルは五番街沿いで、セントラルパークの南に面している。また、この場所は崩壊したビルから、わずか六ブロックしか離れていない。

報道関係者やジャーナリストたちが国内外から押し寄せる中、客室に空きはなかったのだが、予約コンピューターの不具合のおかげで、奇跡的にスイートルームが確保できた。

窓辺に立ち、公園の南東側を見下ろしたピートは、胸が痛んだ。周辺の通りや建物が、崩壊現場からなだれこんだ砂利やホコリで覆われている。

当然、思い出されるのは9・11直後の惨状だ。今や、ほとんどすべてのテレビ局が、超高層ビルが崩壊する映像を、様々なアングルから何度も繰り返し放送していた。

報道によると、現在のところアトエイスでの犠牲者の数は、四十階の警備員四名を含む百三名、加えて五十七丁目の通り、カーネギーホール、カウンターウエイトの直撃を受けたレストラン、などでの犠牲者が四百九名となっている。

二人がチェックインした五分後、部屋の固定電話が鳴った。ピートが受話器を取り、マックはミニバーから缶ビールを一本取り出した。

「どんな調子だ？」

聞こえてきたのは、やはりオットーの声だ。さっそく、ピートが通話をスピーカーフォンに切り替えた。

「胸が痛むわ。じかに見ると、壮絶な光景よ」

ピートは悲痛な思いを口にした。

「フランケルは、こういう事態をよく心得てるわね」

「支柱が爆破された形跡は見つかったか？」

「いいえ」

「だとすると、やはり原因は同調《T》質量《M》ダンパー《D》か？」

「フランケルの話によると、エンジニアたちはそれはありえないと言っているそうだ」

マックは、カウンターウエイトとも呼ばれているＴＭＤが超高層ビルから落下した場合、恐ろしいほどの破壊力を持つことを、目《ま》の当たりにしてきたばかりだった。

「ＦＢＩのダニエル・エンディコットも同意見だ。ビルの骨組みは強靭《きょうじん》で、しかも安全装置が働いていたはずだぞ」

「揺れについて、彼の意見は？」

「まだ原因が分からないと言っていた。しかし、究明を急いでいるところだそうだ」

「誰かほかに意見を持っている者は？」

「高い信頼性を誇る私の可愛いダーリンも、カウンターウエイトが破壊の原因だと解析しているよ。爆発物の証拠も感知していない」

「君は、電子妨害の可能性は低いと言ってたよな？　ビルのコンピューター・システムは、外部からはハッキングできないようになってるんだろう？」

「セキュリティー・センターとつながっている機関なら可能かもしれない。例えば、ニューヨーク市警、消防署、ニューヨーク市危機管理局《OEM》のような。だがコンピューターを調べても、この四十八時間以内に侵入された跡は残っていない。もっとさかのぼって調査してみるよ。とにかく、ＴＭＤは独自の管理システムを持っていて、まさしく鉄壁で守られていたようなものだ。もしハッキングされたのなら、外からではなく内部からだよ。例えば、屋上から三十メートルあたりにある機械室周辺とか」

　マックは冷たいビールを口に含み、ゆっくりと飲み下した。

「じゃあオットー、こういうことだな。客用エレベーターは一階で止められ、四人の警備員は撃ち殺され、業務用エレベーターからは若い女性の遺体が発見された。だが、遺体を回収した救命班の話によると、彼女は亡くなったあとにカゴごと落下したそうだ」

　しばらくオットーの声が途切れ、再び聞こえてきた。

「ビルから出ていくところを目撃された男は九番街で立ち止まり、自分が破壊したビルが崩れる様をじっくり見物してたのか」

「ダークスーツ姿でね……」

　ピートは腕を組んだ。

「なんだか、ＩＳＩＳのスタイルじゃないわ。服装だけじゃなくやり方が、今までとはまったく違う。それに犯行声明の発表も早すぎたわ。マックが前に言っていたように、サウジの仕業なのかも」

「パーティーのゲスト・リストは手に入ったか？」

　マックの問いかけに、オットーは答えた。

「ああ」

「全員の経歴も調べ済みか？」

「もちろん」

「どんなことでもいい、なにか変わったことはないか？　普通と違うような、不自然で、例外的な特徴があれば、チェスの駒を進められるんだが」

「ほんの少し時間をくれ。別の角度からサーチしてみるから」

　ピートはマックのビールの残りを飲み干し、ミニバーからもう一本取り出した。彼女がプルタブを引く音が響くのと同時に、またオットーの声が聞こえてきた。

「普通じゃないことと言えば、ゲストの純資産だ。警備員やキャラハンのアシスタントは別として、みんな最低でも三十億から四十億はある。キャラハン・ホールディングスの資産は百八十億超えだ。ヨットを所有していないゲストは三人だが、プライベート・ジェットを所有していないゲストは一人。この一人の名前はアレックス・バーキン。ベンチャー投資家で、純資産は三百億、ところが運転手付きのリムジンにも乗らず、ピックアップトラックを自分で運転してた。俗に言うところのサーキットの常連が集まる中、このバーキンとハリド・セイフだけがアート・オークションや映画祭やグランプリに縁がなかった」

アレックス・バーキンは変人の億万長者として有名だったが、マックがセイフの名を聞くのはこれが初めてだった。

「実は、パーティーが開かれていたコンドミニアムは、このセイフのものだった」

オットーは続けた。

「彼はアラブ首長国連邦《UAE》のオフショアバンクPSPの企業支配権の持ち主で、この日パーティーに参加したプレイヤー全員とビジネス上の取引があった」

「ほかに分かっていることは？」

セイフに興味をひかれ、マックは耳を澄ました。

「くそ！」

突然オットーが声をあげた。

「きっと、そいつがダークスーツの男だ」

「顔が写っている写真はあるか？」

「間違いない、こいつだ。UAEのパスポート以外、身分を証明できるものが見つからない。ほとんど、存在していないも同然だよ。パスポートを調べるから、ちょっと待ってくれ」

興奮したオットーの声が途切れ、ピートは言った。

「もし彼なら、ゲストたちを殺す動機はなんだったのかしら?」

「今、パスポートのファイルを見てる」

二分後にオットーの声が戻ってきた。

「なぜだろう、写真がない。外国への渡航履歴はなく、ニューヨークへ来たのも初めてだ。カンヌにもアスペンにもモナコにも、それにダボスの世界経済フォーラムにも、行ったことはないはずだ」

「じゃあ、ゲストは誰も彼と会ったことがなかったの?」

ピートが訊いた。

「取引はあっても顔も知らない相手を、なぜ殺したのかしら?　彼がサウジと関わりがあるようにも思えないし……」

「そいつがセイフじゃなかったからさ」

マックは断言した。

「すでにセイフは、自分になりすましたダークスーツの男に殺されてるんだろう」

「ガールフレンドも一緒だったはずだぞ」

オットーの言葉に、マックはうなずいた。

「入国の方法は分かるか、オットー?」

「プライベート・ジェットでラガーディア空港に到着したあと、ヘリに乗り換え東三十四丁目のヘリポートへ」

「アトエイスまでの足は? タクシーを使った、ということはないだろう。ヘリの関係者を当たって、誰が迎えにきたか確かめてほしい。それからキャラハン・ホールディングスに電話して、会社が運転手付きの車を用意したのか、あるいはセイフ自身が手配したのか、訊いてみてくれ」

「了解」

ようやくチェスの駒の一つを見つけ、オットーの声は弾んだ。

「もっと君の考えを聞かせてくれ」

「おそらく、キャラハンの会社が彼とガールフレンドのためにリムジンを用意したはずだ。ところが容疑者は、事前に運転手の情報を手に入れることができた。あとはその運転手を殺し、自分でセイフを迎えに行くだけだ。セイフが自分で車を手配したのでなければ、そういう筋書きが自然だ。もちろんセイフとガールフレンドも殺されていて、遺体はパーティーへ行く前にどこかへ遺棄した。遺体を乗せた車を運転するのを避けるためにね」

「確認を急ぐよ」

オットーはそう言って、更に尋ねた。

「ほかに知りたいことは？」

「キャラハンの後継者は？」

「最高財務責任者《CFO》の、ナンシー・ネベルという女性だ」

「彼女と話がしたいな」

「今夜？」

「ああ、早いほどいい。私の考えでは、次の犯行まで、あまり時間はない」

「マンハッタンには高層ビルがたくさんあるのよ」

ピートはオットーに訊いた。

「その中でペンシル・タワーと呼ばれるものは？」

「十五棟だ。現在、工事中のものもある」

「キャラハン・ホールディングスの次のビルはいつオープンする？」

マックの灰色がかった緑色の瞳が、微かに光った。

しばらく沈黙があったあと、オットーは答えた。

「分からないな。だがビル自体は、すでに建物使用許可証を取得している」

「そのビルの名前は？」

「正式名称はジャスト・ザ・タワー。〝タワー〟と呼ばれる、国連に隣接するペンシル・タワーだ」

「それが二番目のターゲットだ」

「なぜそう思う?」

「対称性だよ。ツインタワーを攻撃したアルカイダを真似ているなら、同じような対称性を持つ二棟のビルを選ぶはずだ。九月十一日、あのビン・ラディンのハイジャック犯がやったように」

第十五章

オットーが再度電話をしてきたのは、三十分後のことだった。

「ニューヨーク市警《NYPD》は、黒いキャデラック・エスカレードの男を追っているところだ。ヘリポートの責任者によると、セイフとガールフレンドが到着したのは午後八時三十分頃で、車の運転手はその十五分前から待機していたということだ」

「運転手はどんな男だったと言ってる？」

受話器を持つマックの手に、力が入った。

「長身で、肌の色は白く、少しよそよそしいが礼儀正しい男だったそうだ。そしてダークスーツを着ていた」

「きっと、やつだ。ヘリのパイロットや、プライベート・ジェットのパイロットに話を聞く必要はない。ＦＢＩ捜査官にモンタージュ作成システム《アイデンティキット》を持たせ、ヘリポートへ急行させてくれ。作成した似顔絵を、君の検索エンジンにかけてほしいんだ。近い人相の人間が、すでに知られている暗殺者の中にいないかどうか確かめるために。この男は、絶対にこれが初めての仕事じゃないはずだ。サウジの情報部に雇われている可能性もある」

「それはかなり難しい注文だぞ」

「分かってる、やつはそう簡単に尻尾をつかませないだろう。だが、誰にでもミスはあるものさ」

「ほかに知りたいことはないか？」

「キャラハンの後継者のほうはどうなった？」

「ネベルの秘書に電話をして、君が会いたがっていることを伝えてもらった。〝クソ野郎を捕まえるためなら、いつ、どこへでも行く〟というのが彼女の返答だ」

「今夜がいい。プラザ・ホテルの〈ザ・ローズ・クラブ〉に来てくれるよう伝えてくれ。あそこなら、ロビーが見渡せる」

「すぐに電話するよ」

オットーとの電話を切り、二人は着替えはせずに〈ザ・ローズ・クラブ〉へ向かうことにした。ピートは仕事用のストレート・パンツと白いシルクのブラウス。マックはセンタープレス入りのジーンズに開襟シャツ、黒いブレザーという格好だ。少しくだけすぎている服装だったが、この9・11を再現したような非常時に、高級ホテルのロビーにいる誰もが他人の外見など気にしてはいなかった。

ただマックは、相棒のワルサーの準備だけは怠らなかった。弾を確かめたあと、銃をジャケットの下のホルスターへ入れる彼を見て、ピートが目を見開いた。

「ホテルのロビーで、なにかトラブルが起きると思うの？」

「男は強力な情報源とつながってる。すでに追っ手が自分に手を伸ばし始めていることに気づいているかもしれない。キャラハン殺しを成功させた今、会社の動向を見るためにも、ネベルに近づきたがっているはずだ」

「まさか、もう殺してしまってるってことは、ないわよね？」

「それはないだろう」

「二つ目のビルを狙うとしたら、どれを選ぶかしら？　やはり、9・11をなぞってマンハッタンのペンシル・タワー？」

「僕は、またキャラハンのビルを狙うと見てる。国連の隣にあるタワーをね」

「それなら、なおのことネベルが危ないわ。それに、ペントハウスのパーティー。やつがアトエイスと同じ手口を使うつもりなら、なんとかしてパーティーに紛れこみたいでしょうね」

「そうだな」

マックが、このピートの意見について考えを巡らせている時、また電話が鳴った。

「彼女は十五分以内に、そっちに着く」

オットーの報告を受け、マックは尋ねた。

「彼女の顔を知っておきたいんだが、写真はあるか？」

「携帯電話に二枚送ったよ。長身、痩せ型、顔は面長で髪は金髪だ」

「オーケー、見つけられるだろう」

エレベーターに乗りこむのと同時に、マックは携帯電話を取り出し、オットーから送られてきた写真をチェックした。一枚は、適度に胸元が開いたイブニングドレスを着てシャンパングラスを手にしている姿、もう一枚はおそらくセントラルパークで、乗馬服を着て馬にまたがっている姿だった。

「きれいな人ね」ピートは感想を述べた。

「四十代か?」

「うーん……見事にスタイルを維持してる五十代、ってところかしら」


エレガントな内装の〈ザ・ローズ・クラブ〉は中二階にあって、一階のロビーともつながっていた。背もたれ付きの椅子やカウチソファがテーブルの周りに配され、木製の床にはペルシャ絨毯《じゅうたん》が敷かれている。また奥の壁には床から天井まで本棚があり、一段高いフロアからは意匠を凝らしたロビーが見渡せた。
五、六人の客が席に着き、それぞれ飲み物を飲んでいる。マックとピートは、正面玄関が見える席に座り、シャンパン一本とグラスを三つ頼んだ。
キャラハン・ホールディングスのCFOは、写真とはガラリと違った姿で現れた。ゆったりしたカーキ色のパンツにラコステの赤いポロシャツ、金髪はキャップの中へ入れこまれていて、ほとんど見えない。

彼女はエレベーターを使うこともせず、中二階までまっすぐに階段を上がってやって来た。マックとピートは立ち上がって彼女と握手をし、簡単な自己紹介を済ませた。

「連絡をくださった同僚の方から、うちのビルは何者かによって破壊されたと聞いたわ」

席に着くなり、ネベルは言った。

「でもそれは、すでに分かっていたこと。私が聞きたいのは、それを誰がやったか、そしていつ逮捕できるかということよ」

彼女の面長の顔は少しやつれていて、もう何ヵ月も眠っていないような表情だった。

「かなり濃厚な線を追っているところです」

マックはそう言って、シャンパンを指差した。

「シャンパンは？」

「いらないわ」

彼女は手を挙げてウエイターを呼び、オリーブを一粒添えたマティーニを早口で注文した。話し方はぶっきらぼうだが、声には温かみがあり微かな南部訛《なま》りが感じられた。

「残念ですが、我々は今から、あまり芳《かんば》しくない話をしなければなりません」

マックが口にした前置きに、ネベルは苦笑いを浮かべた。

「昨夜以降、〝芳しくない〟話しか聞いていないわ」

「実は、またビルが狙われているようなんです」

無言で耳を傾ける彼女を見つめ、マックは続けた。

「ＩＳＩＳが９・１１を真似て計画しているとされています。目下、専門家たちがアトエイスがどう崩壊したか原因究明を急いでいますが、みんなありえないことが起こったことで混乱しているんです。それで、おそらくＴＭＤが原因かと……」

「それは違うわ」

「我々は、プログラムがハッキングされたのだと考えているんです」

「セキュリティーは絶対に破れないわ」

「内側からなら可能でしょう」

ピートが核心に触れた直後、マティーニのグラスが運ばれてきた。ネベルはそれを一気に飲み干し、空《から》のグラスをウエイターに返した。

「もう一杯」

「ペントハウスのパーティーに来ていた人物なら、できたはずです」

ピートの言葉に、ネベルは首を振った。

「誰にも、そんなことをする動機はなかったはず。まるで自殺行為だわ」

思いつめたような彼女の顔をのぞきこみ、マックは言った。

「誰であれ、とにかくその犯人は、警備員たちを射殺し、ＴＭＤが置かれている機械室へ行った。そしてコンピューターに侵入し、エレベーターで一階に下りたあと、何事もなかったように立ち去った」

椅子の背もたれに背中を預け、ネベルは茫然とした。

「ＩＳＩＳがそんな芸当をやってのけるなんて……」

そう呟《つぶや》くや、ハッとしたように顔を上げた。

「でも、なぜそんな話を私にするの？　協力が必要と言われて、ここへ来たけれど。協力って、どういうこと？」

「新しいビルのペントハウスで開かれるパーティーのことです。グランドオープンに招待されるゲストのリストを見せていただけませんか？」

「どうかしら、ミスター・チャンのパーティーを予定してはいるけど……」

彼女は言葉を切った。そして、すぐにある恐ろしい考えに行き当たり、声をあげた。

「なんてこと！　次はタワーが狙われる、そう言いたいのね」

「その可能性があると、我々は考えているんです」

「なぜうちのビルが？」

声を震わせるＣＦＯにマックは言った。

「それは、まだ分かりません」

「グランドオープンは遅れているわ。いろいろと問題があって」

「彼は待ちます」

ウエイターが運んできた二杯目のマティーニには手をつけず、ネベルは言った。

「州兵に連絡して、タワーの周囲を警備してもらうわ。全員の身分証を確認した上で」

「どうか、ゲストたちの不安を煽《あお》るような行動はなさらないようお願いします」

蒼色を帯びたネベルの顔を見てピートは言った。

「あまり過剰な反応を見せると、よくありません」

ネベルは二人から目をそらし、たった今聞かされた悪夢のような話を、理性ではなく心で理解しようとしているようだった。

「ジョージは私に、パーティーに出席するように言ったわ。まだタワーのコンドミニアムを買っていない大物たちがたくさん来るから、〝君の魅力〟で売りこみをするようにって」

キャラハンの名を口にしたとたん、彼女は悲しげな笑みを浮かべた。

「私は財務の人間で、営業はできないと言ったのに聞いてくれなくて」

ピートはカクテルナプキンに、オットーのメールアドレスの一つを書きこんだ。

「ゲストのリストは、ここへ送ってください。今日、そちらに連絡を差し上げたＣＩＡの者のアドレスです」

「これからオフィスに戻って、アトエイスのすべてのクライアントに連絡を取るわ。同時に犠牲者のご家族にも連絡を。リストはすぐに送ります」

そう言って彼女はすっくと立ち上がった。

「九日間」

彼女は二人の顔をまっすぐに見つめた。

「九日間で犯人を捕まえてちょうだい。そのために、私はなにをすればいいかアドバイスして。そいつを捕まえるか、殺すかしない限り、私はタワーの閉鎖も辞さないつもりです」

「私たちが、パーティーに入りこむことはできそうですか？」

マックの問いかけに、ネベルはうなずいた。

「ええ、可能だと思うわ。パーティーのスタッフとしてなら」

「いいえ、招待客として参加したいんです。ほかのゲストたちと同じように」

「それは難しいわ、ミスター・マクガーヴィー。あなたの顔は世間に知られているし、プレイヤーの一人でないことは、すぐにバレてしまうでしょう。それに、彼らはお互いのことをよく知っているの。リストに名前がある客は、そう多くはないわ」

「それでは、彼らが望むものを提供できる人物としてならどうです？」

「彼らはおそらく、望むもののすべてを持ってる」

ネベルは言った。

「この世に、高額すぎて手に入らないというものは存在しないんです。当然、おもちゃも少なくて、ヨット、ジェット機、屋敷、ビル、あるいは、銀行預金。お金は彼らにとって、ゲームのスコアよ。そして、そのゲームこそが彼らのすべてなの」

ネベルが去ったあと、マックはオットーに電話をかけ、やり取りの内容を伝えた。

「次の一手はなんだ、友よ《キモサベ》？」

オットーに訊かれ、マックは答えた。

「ピートと私は、ジョージタウンのアパートに戻って、カンヌの映画祭へ行く準備をする」

マックとピートはそれぞれ、ワシントンＤＣのジョージタウンに、アパートを借りている。

「カンヌの次はモナコグランプリに行くつもりだ。容疑者は、顔の知られていない大物になりすますだろう。グランドオープンに招待されるために、なにか目立つ演出をするだろうが、それがこっちにとっては狙い目だ」

「逆に君が、やつのカモになりすましてやるんだな？」

「ああ、とびきりの大物に化けることが大事だ」

マックはにやりと笑った。

「やつがこっちの計略にハマるかどうか、まずは様子見だ。カンヌへは明日までに着きたい。遅くとも夕方までにね」

第十六章

麻薬密売組織のボス、パブロ・バルデスに化けたカマルは、エンジェル・カスティーリョ名義のパスポートを使いカンヌへやって来た。イギリス紳士を気取ったメキシコ人に見せかけるため、イギリス訛りはそのままに、英国人らしいよそよそしさは控えて、というのが今回のなりすましのコンセプトだ。

正午少し前にホテル・バリエール・ル・マジェスティックに到着した彼は、ベントレーを駐車係に預けた。更に、ルイ・ヴィトンのスーツケース三個分の荷物を、洒落《しゃれ》た制服姿のベルボーイに運ばせ、チェックインへと進む。

彼は二冊持っているメキシコのパスポートのうちの片方と、アメリカンエキスプレスのプラチナカードを取り出し、チェックイン・カウンターに置いた。

カウンターの向こうにいるホテルマンは、礼儀正しい笑みを浮かべ、それらを受け取った。しかし、少し前にチェックイン手続きをした映画スターに向けた大げさな笑顔とは、明らかに違う。

もちろんカマルは、そのことに気づいたことなど、おくびにも出さなかった。

「大変申し訳ありません、ミスター・カスティーリョ」

ホテルマンは言った。

「あいにく、本日はペントハウスが空いておりません。ですがオーシャンビューのダブル・プレステージ・テラス・スイートのお部屋ならご用意できます。大変眺めのいいお部屋で、お気に召していただけるかと存じます」

淀みない口調のホテルマンに、カマルは機嫌のいい笑みを見せた。

「それで頼むよ」

そう答えつつも、五つ星ホテルのフロント係を殺す自分の姿を想像せずにはいられなかった。カウンターを乗り越えて、この慇懃《いんぎん》無礼な若い男の首を絞めることなど、赤子の手をひねるようなものだ。

スイートルームの宿泊者名簿にサインをして、カマルはカードキーを受け取った。

「どうか、楽しいご滞在を、セニョール・カスティーリョ」

ホテルマンの言葉を聞きつつ、彼はベルボーイに五百ユーロ渡した。

「部屋に荷物を運んでくれ。荷解きは自分でする」

ホテルを出た彼は、まずビーチ沿いのラ・クロワゼット通りへ行き、エレガントな遊歩道を歩いた。裸足の足にハンドステッチのローファー、白い麻のズボン、ボタンの袖止めがついた淡黄色のシルクシャツ、高級ブランドのサングラス。できるだけ違和感なく、周囲の雰囲気に溶けこむよう選んだ服だ。

暖かい気候のこの日、地中海からは心地よい風が吹いてくる。遊歩道、店やレストラン、そしてビーチも、身なりのいい人々で賑わっていた。彼らは誰もが悠々としていて、自分たちがこの時期のこの場所にふさわしい人間であることを知っているように見えた。

遊歩道の先にあるフェスティバル・ホールにはカジノがあり、映画祭の主要なイベントもそこで行われる。

ヨットハーバーには六艇のメガヨットが係留されているが、これはいつもより少ない数だとカマルは思った。それだけでなく、水上スキーを楽しむ姿もいつもより少なく、沖合いから北の入り江に向かって進むヨットも、たった二艇だ。

カマルはカフェのテラス席に座り、まるでホテルのロビーのように人々が行き交う遊歩道を眺めた。それでもやはり、いつもよりお祭りムードはトーンダウンしている。ニューヨークでのショッキングな出来事が、普段は楽観的なカンヌの人々にも影響を与えているようだった。

「パーティーが減ったりはしないさ」

カマルがカンヌに来る少し前、サアドは言った。

「彼らは恐ろしく実利主義だ。過ぎたことは過ぎたこととしてしか捉えない。過去は決して変えられないんだからな。億万長者たちは、必要以上にセンチメンタルになったりしないのさ」

「アルハマディはパーティーに来るんだろうな?」

「間違いなく行く。あの男は徹底的に粗野だが、誰もが便利屋の彼を大目に見てる。それに、なかなか楽しいところもあるしな」

「宮廷の道化師というところか」

「そのとおり」

「何時に会える?」

「彼から連絡が来る。困ったことに、自分が特権的な人間だと思いこんでいるんだ。すべて妻のおかげなのに、国外に出るとすっかり王族気取りさ。自分のやり方を、おまえにも押し付けるつもりらしい」

「私のことは、どう話してある?」

「伝えた名前は、エンジェル・カスティーリョ。億万長者の実業家を名乗る、メキシコの麻薬王だと言っておいた。妻の威光にあやかっているくせに、本人は自分を立派な王族の一員だと思っている。その上、野心も旺盛だから、おまえの手伝いをすることで金への欲と自尊心、両方が満たされる。偽のパスポートで旅をする人間を、気に入らないわけがない」

「欲深いんだな」

「人間は結局、欲で動いているものさ」

カマルはサアドの言葉に〝ノー〟と首を振りたかった。しかしそんなことをしたところで、理解してもらえるとも思わなかった。

カマルは、テーブルへやって来たウエイターに、パスティス（ニガヨモギを加えて作る香草系リキュールアブサンの代替品として生み出されたリキュールの一種）を注文した。飲み物が届く間、再びビーチのほうへ視線を戻した。天気もよく気持ちのいい午後、ストリング・ビキニ姿の若い女性が三人、ビーチから現れ、遊歩道を北へ向かって歩いていった。肩にジャケットを羽織り、サングラスをかけ、頭には大きなつばの麦わら帽子を被っている。道を闊歩《かっぽ》する彼女たちは気づいているのだろうか、ここがエデンの園であり、自分たちの舞台でもあることを。

だが、ここは自分の舞台でもある。カマルは、そう思っていた。

注文したパスティスが届き、彼は脚を組んだ。改めて通行人たち様子をよく観察してみると、若者より年配者のほうがニューヨークでの事件の影響を気にかけているように見えた。世界中の株式市場で株価は急落し、空港や国境でのセキュリティーも強化された。またシリアとイラクのＩＳＩＳに対する緊張も高まり、９・１１でのアルカイダを真似て次はアメリカ国防総省やホワイトハウスが標的だとの噂まで流れていた。ただほとんどのメディアが、アトエイスでの手口があまりに洗練されているため、ＩＳＩＳの犯行を疑問視しているのは確かだった。次なる悲劇を阻止するためには、あらゆるテロ組織に主導権を渡さないことが重要だと考えているのだ。

カマルはホテルのフロントに電話をかけ、メッセージが届いているようなら聞かせてほしいと頼んだ。オペレーターはすぐに伝言システムに電話をつなぎ、届いているメッセージの音声が再生された。

『カスティーリョ、話がある』

アルハマディの言葉は訛りが強かった。

『今日の午後一時、〈フーケ〉で』

時計の針は、もうすぐ一時を指そうとしている。しかしカマルは、二杯目のパスティスを注文した。時間を守るか、あるいは遅れるか、これも駆け引きの重要な要素だ。

ホテルの部屋に戻ったカマルは悠々と顔を洗い、たっぷり三十分かけて窓からの景色を楽しんだ。

一時十五分過ぎ、カマルはホテルのレストランへ下りていった。レストランの接客主任《メートル・ドテル》の案内で歩いていくと、窓辺のロビーが見渡せる席でアリアン・アルハマディが待っていた。短パンにアロハシャツ、頭の上にはサングラスが載っている。

「ずいぶん遅いな、セニョール・カスティーリョ」

やはり、かなりいらだっているようだ。座っている姿から想像すると、身長は高くはない。また、鼻はアラビア系の例にもれず高く尖っていて、頬骨のあたりにはシミ、口元と目の下にはくまがあった。甘く強烈な匂いを放つコロンの香りを嗅ぎながら、カマルは名を名乗った。

「本当の名前は、パブロ・バルデスだ」

アルハマディはシャンパンを飲んでいる。席に着いたカマルは、まずアイスバケットに目をやった。シャンパンのラベルがこちらを向いているのは、決して偶然ではない。

「クリュッグ・クロ・ダンボネ」

カマルは言った。

「九六年ものなら嬉しいな」

アルハマディは少々バツの悪そうな表情を浮かべ、早口で言った。

「ずいぶん詳しいようだな」

「かなりの金を扱う仕事だ。それなりのことは知ってる」

「かなり、とは？」

「最低で五十億ほどだ」

「ペソで？」

「もちろん、ドルだよ」

カマルの前に置かれているフルートグラスを指差し、アルハマディはウエイターにシャンパンを注ぐよう指示した。

一口シャンパンを口に含み、カマルは言った。

「いいね。だがドラピエのボエル&クロフ九六年ものも極辛口でうまい」

マグナム・ボトル入りで四千ユーロのシャンパンは、世界で二番目に高価な逸品だ。彼はこれを二日前、アトエイスのパーティーで口にしたばかりだった。

「あいにくシャワーズ・ゴー・ディアマンは、まだ試したことがなくてね」

これは十五万ユーロという気の遠くなるような値段がつけられている酒である。高価なシャンパンは、味わうよりボトルをオーダーすること自体に、意味があり声明がある。

口を開いたアルハマディが、なにか言葉を発しようとした瞬間、カマルがそれを遮った。「そんなものに大金を使うのは、バカだけだ。もっと有効な使い道があるだろうに」

「確かに、五十億は大金だな」

グラスを口に運ぶアルハマディに、カマルは含み笑いを見せた。

「同感だ、友《マイ・フレンド》よ。念を押しておくが、これは取引の最低金額だ。実際は川の水のように無尽蔵に流れてくる金を処理している」

「利益は？」

アルハマディは、早くも舌なめずりしそうな表情だった。

「想像をはるかに超えた額さ」

そう言って、カマルはゆっくりとシャンパンを味わった。

「だが、仕事を任せるようなことはしない。あんたには、ふさわしい人物を紹介してもらいたいんだ。取引ごとの手数料として、儲けは折半。ただし、パートナーになればの話だが」

「仕組みを教えてくれ」

身を乗り出すアルハマディに、カマルは余裕の笑みを見せた。

「いたってシンプルだよ。足のつかない金を作る代わりに、一ドルにつき五十セントの保証金を受け取る、それだけさ。金を合法化する方法はいろいろだ。不動産、先物市場、デリバティブ、クレジット《C》・デフォルト《D》・スワップ《S》」

「つまり、マネーロンダリングか」

アルハマディの目が輝いた。

「リスクを負い、金を洗浄する、だろ？」

「そのとおり。リスクを負う代わり、きれいな金の五十パーセントが入ってくるというわけだ」

第十七章

夕方五時にロビーで、カマルはまたアルハマディと会う約束をした。あの男は、おもしろいほど簡単に餌に食らいついてくれた。

「悪巧みの主役になることほど、あのバカを喜ばせるものはない」という、サアドの言葉どおり、スムーズな展開である。

今夜の舞台は、全長三百八十フィートのヨット〈グローリー号〉だ。ハーバーに係留されているモーターヨットの中で四番目に大きなこの船の持ち主は、トム・ハモンド。ドットコム企業や不動産で巨万の富を築き上げたフラッシュトレーダーだ。クレジット・デフォルト・スワップや金融派生商品《デリバティブ》を巧みに利用し、彼の総資産は百五十から二百億ドルに膨れ上がった。リスクを負うことを恐れず、法的に問題のある手法も厭《いと》わない、いわゆるベンチャーの俊傑だ。

ロビーへ下りていく三十分前、かっちりした制服姿のボーイが、カマルの部屋に書留郵便を持ってきた。郵便物はキャラハン・ホールディングスの封筒に入れられているが、実はサアドが匿名《アノニマス》リメーラーを使ってニューヨークから送ってきたものだ。中に入っていたのは、人物調査の結果だった。九日後、タワーのペントハウスで開かれるパーティーの参加者のうち、主要な七人の資料が揃えられている。豪胆さでは誰にも引けを取らないカマルだったが、サアドのリスクを恐れない仕事ぶりには感服せざるを得なかった。もしこのことでサウジが世界的批判の矢面に立つようなことになれば、石油取引だけでなく国家自体が危機にさらされるだろう。あの男は一世一代の賭けに出ているのだと、カマルは思った。しかし、そこまでする理由とはなんだろうか。今のところ、明確には分かっていない。もしそれが、彼の野心であるなら、賭けに勝てば文字どおり黄金の人生を手に入れることだろう。だが、そうでなければ……銃殺隊の前に引き出されるのは間違いない。

パブロ・バルデスを含むリストの七名は、まさに錚々《そうそう》たる顔ぶれだった。ハモンドやチーアン・チャンの名前も、真っ先に目に飛びこんできた。資産三百五十億とも言われるチャンは、言わずと知れた香港の不動産王で、タワーのペントハウスを二億一千万ドルで購入している。

スーザン・パターソンは、有名なハリウッドの映画プロデューサーで、資産二十億。

コートニー・リッチは医薬品研究開発会社アイベックス社のCEOであり筆頭株主。スイスとアメリカに研究所を、インドとブラジルに工場を所有しており、資産は百五十億ユーロ以上。

ヴィクトール・シェフレフはロシアのウォッカ王。プーチンの友人の一人であり、彼が関係していない政府事業体、及び国内大企業はほとんどないと言われている。当然、バルデスが監視衛星を買い、打ち上げの依頼をした宇宙開発の国営企業ロスコモスとも関係が深い。

ここで、カマルは首を傾げた。シェフレフとバルデスに面識があるという可能性はどうだろう。あるいは、電話で話をした可能性は？

メキシコの資金洗浄人《マネーロンダラー》とロシアのウォッカ王の接点は、金の取引だけのはずだ。取引はコンピューター上で行われ、現金の輸送管理も代理人がやっている。その上、パレット梱包された金は、サン・フロンティア薬品の荷としてロサンゼルス国際空港やシカゴのオヘア空港から飛び立ち、アフリカ諸国へと運ばれることになっている。そして、その飛行機はアメリカの領空から出ると同時に、一路モスクワへと進路を変えるのだ。

ということは、ロサンゼルスやシカゴで集められたドラッグ・マネーは、メキシコ国境を越えることなくロシアへ運ばれているということだ。バルデスとシェフレフの面識は、ないに等しい。

しかし何事にも百パーセントというものはない。二人に面識がなく、電話で声も聞いたことがないという確かな保証などどこにもない。いざとなったら、シェフレフ氏には不幸な事故に遭ってもらうしかないだろう。カマルはそう考えつつ、七人目の人物の資料に目を落とした。

ルイ・マルターンは、フランスのＦ１レース・ドライバーだ。若干二十四歳、この中でひときわ目立つ存在の彼は、世界ランキング一位の一流レーサーで、チーム・メルセデスのチーフ・ドライバーでもある。資産の記載はないが、モナコ、パリ、シュトゥットガルトに高級コンドミニアムを所有している。

資料にはそれぞれ写真が添えられていて、それらはすべて白黒で印刷されていた。女性二人は近寄りがたい雰囲気を持った美女で、年齢は四十代後半から五十代前半。男性たちはごく普通の外見だが、ただ一人マルターンだけが違っていた。彼は若く大変なハンサムで、たくましい体と美しい目鼻立ちを持っていた。添えられている二枚の写真にはどちらとも、彼にかしずく美女たちが写っている。

カマルはこれらの資料をすべて頭に入れた。実際に会った時トラブルを避けるためには、そうすることが必要だった。そして完璧に記憶し終えると、資料の用紙を細かくちぎりトイレに流した。

しかし彼にはただ一つ、頭の隅に引っかかっていることがあった。それは、チャンのパーティーが、この状況下で開かれるということだ。億万長者たちは決してバカではないし、不死身でもない。パーティー開催を強行する理由、彼はそれを少なくとも数日のうちに知っておきたいと思った。

着替えを済ませたカマルは、五時ちょうどにロビーへと下りていった。カーキ色のスラックスに白い開襟シャツ、英国製のネイビーブルーのブレザーという出《い》で立ちの彼に対して、アルハマディは昼と同じアロハシャツ姿だった。ロビーの人混みの中、約束の五分後に現れたアルハマディはカマルを見つけ、丸顔に大きな笑みを浮かべた。

「うまくやれそうだ」

「なにがだ?」

「パートナーになることさ。今日の午後、ちょっと調べものをしてね」

そう言ってアルハマディは、自分の鼻の横をちょんと突いて見せた。

「私は金の匂いを嗅ぎつける才能があるんだ。金に近くなればなるほど、より甘い匂いがする。お互い、これでリッチになろうじゃないか」

「もう、うなるほど持ってる。あんたも女房の金があるだろう」

この男と一緒にいると、自分が怒りっぽくなることに気づき、カマルは気が滅入った。

「金はありすぎて困ることはない」

カマルの当てこすりを気にする様子もなく、アルハマディは続けた。

「おまえは、おもしろい男だな。リヤドの知り合いに調べさせたが、写真が見つからないそうだ。なぜ関わり合いがあるのか、知りたがってたよ。ギャンブル友達だと言ったら、気をつけろと警告された」

「ほかに、なにを聞いた」

「よくいるドラッグの密売人だと言ってたよ。邪魔な人間を平気で殺すようなね」

「信じたのか？」

アルハマディは甲高い笑い声をあげた。

「やつらが私に嘘をつく理由はない」

「やつらとは、ＧＩＰのことだな」

ＧＩＰという言葉を聞き、アルハマディはほんの少し身構えた。

「しかし……」彼は探るような眼差しでカマルを見た。「金儲けのパートナーでいる限り、私が殺されることはないだろう？　今日もさっそく、こうして〈グローリー号〉に乗船する手はずを整えたんだからな」

「分かってる」

確かにサアドが言うとおり、なかなか使える男ではあるようだ。王族側にしても、これで厄介払いができるなら、文句はないだろう。

「船までは数ブロックしか離れていないから、歩いていこう」

アルハマディは歩きかけて、ふと足を止めた。

「ところで、答えてくれよ」

彼は今日初めて、知的なセリフを口にした。

「さっきの質問の答えを、まだ聞いてない。組んで仕事をするなら、信頼関係は大切だろう」

二人はホテルを出て、遊歩道を歩き始めた。ビーチは昼過ぎに見た時より人影が少なくなっていたが、通りはカクテル・パーティーやフェスティバル・ホールのイベント、船上パーティーなどへ向かう人々で賑わっていた。みんな着飾って、真夜中過ぎまで続く贅沢《ぜいたく》な宴に興じるのだ。しかしプレイヤーたちは、サーキットにいる間も金を眠らせておくことはしない。映画祭、レース、ヨット周遊、ペブルビーチでのコンクール・デレガンス、と忙しく動き回りながらも、決して財産から目を離したりはしない。

「トリックを、もう少し教えてくれないか。ほんのさわりだけでもいいから。なにしろ私は砂漠の中のベドウィンなんだ。おまえに水を与える代わりに、なにをくれるのか知っておきたい」

「知り合いの中に現金を扱う商売をしている者はいるか？」

カマルに訊かれ、アルハマディは首を傾げた。

「それなら……スーザン・パターソンかな。アメリカ国内に何百も映画館を持ってる」

「映画のプロデュースもしてるんだな？」

「そうだ」

「じゃあ次の作品の興行成績が倍になったら、喜ぶんじゃないか？」

カマルに与えられたヒントを、アルハマディは時間をかけて反芻《はんすう》した。

「もしかして、チケットを倍額で買うって言ってるのか、売るんじゃなくて？　そんなことをしたら、経営者たちが気づくだろう」

「多めに金をもらって断わる人間には会ったことがない」

「それで、スーザンはなにをすればいい？」

「前にも言ったように、一ドルにつき五十セントをこっちに支払う。ただし、現金以外でな。例えば、株や債券のような、現金化できるものならなんでもいい。こっちはそれに魔法をかけてきれいな金を手に入れ、三十パーセントは仲間に、二十パーセントは俺たち二人に入る」

「一人十パーセントの取り分じゃ少なすぎないか？」

「だから魔法って言っただろう。一旦、洗浄が始まれば百億以上になるんだぞ」

アルハマディは不服げに言った。

「一年に五千万じゃ多いとは言えない」

「おいおい……」

口の端を吊り上げて笑い、カマルは間違いを訂正した。

「一年じゃない、一ヵ月に五千万だ」

第十八章

マックとピートがカンヌ行きの荷造りを終え、ジョージタウンのアパートを出たのは、夜も深くなってからのことだった。二人の時間が空くのは、小型ジェット、ガルフストリームの整備を待つ短い間だけだ。ピートはその間、マックの白髪を黒く染め、落ち着いた赤い色合いのボウタイを結んだ。彼は今、彼女がドラッグ・ストアで買ってきた度なしの黒縁の眼鏡をかけている。

「鏡を見なくても、着けられるようになったほうがいいわ」

指先でボウタイの形を整えながら彼女は続けた。

「これがあなたの新しいトレードマークだから」

鏡に映る、黒縁眼鏡に赤いボウタイという自分の姿を、マックはじっと見つめた。短期間ではあったが、以前CIA国家秘密局の臨時責任者だった頃、彼はできるだけメディア向けのインタビューや写真撮影などの公の場に顔を出さないよう心がけた。ピートがこうしてちょっとした変装を施してくれたおかげで、彼をよく知らない人々にカーク・マクガーヴィーだと悟られることはないだろう。

二人はCIAのキャデラック・エスカレードに乗り、アンドルーズ統合基地へと向かった。ちょうど到着した時、ガルフストリームは給油を終えたところだった。整備士たちは最終チェックに入り、クルーは大西洋上の天候を確認している。目的地であるパリのオルリー空港はカンヌから五キロ西だ。

マックとピートが荷物を載せ終えると同時に、サービス・クルーがギャレーへの食品搬入を終えた。

機長はフレッド・グラトー、副操縦士はジャック・ターナー。二人とも元海軍兵で、CIAと軍の伝達係をしていたという経歴を持つ。客室乗務員のトム・トインビーは、夕食の味とセミフラットシートの快適さを保証してくれた。

グラトー機長が、マックのボウタイに目をやった。

「スムーズなフライトになりそうです、ミスター・マクガーヴィー。いいタイですね」

オットーも、重そうな機材を携えて機内に乗りこんできた。

「出発前に五分ほど、席を外してくれないか。マックたちと話がしたい」

彼のリクエストで、クルーたちは全員オペレーション・センターへと戻っていった。

「君も来るかい？」

尋ねるマックに、オットーは目を丸めてみせた。

「そうしたいのは山々だが、すぐに戻らなければならないんだ。かわいいダーリンが、ISISとサウジに関するアルジャジーラの情報源を精査しているところでね。ピートから送られてきた君の写真を元に、新しい身分証明書《ID》を作ってきたよ。それから、タワーでのパーティーのゲストや、その同伴者のリストも持ってきた。この中の誰かが、我々が追っているやつかもしれない」

「気になった人物はいるか？」

「サウジアラビア人のアリアン・アルハマディは少し変わった人物のようだ。王族直系の従兄妹と結婚していて、妻の金で豪勢に暮らしている。サーキットはもちろん、カジノの常連だ。末端にいるとはいえ王族で、プレイヤーの一員であることも間違いない。だがリヤドの王族社会にとっては、軽率な行動が多い彼は頭痛の種でもあるらしい。妻も彼が海外にいるほうが幸せのようだ」

「ＧＩＰと関わりがあるんじゃないか？」

「私も最初はそれを疑った。しかし、ざっと調べたところ、使い走りをする便利屋のようなものだと思う」

「人畜無害な放蕩《ほうとう》者ということかしら？」

ピートの問いかけに、オットーは肩をすくめた。

「もし我々の追う男が誰かに近づくとしたら――そんなことはほとんど不可能だと思うが――ガードの固いプレイヤーより、アルハマディのような人間のほうがいいんじゃないか？」

「なぜ？」

ピートはマックとオットーの顔を交互に見つめた。

「九日後、ペントハウスのパーティーへ参加するためには、招待状が必要だからだよ」

黒縁の伊達《だて》眼鏡を手に取り、マックは続けた。

「つまり、プレイヤーたちが望むものを持っている人物にならなければならないんだ。そのところは、私も苦慮しているところだが、アルハマディに接近すれば糸口にはなるかもしれないな」

「どうやって億万長者たちの信頼を得るつもり？」

「彼らが必要としているものより、欲しているものを与えるんだ」

マックの言葉に、ピートは眉根を寄せた。

「それはなに？」

「ああ、聞かせてくれよ、キモサベ」

ピートとオットーの視線を受け止め、マックは言った。

「金しかない」

「オーケー」

ピートは胸の前で、さっと両手を広げた。

「でも相手は億万長者よ。半端な額じゃすまないわ。莫大な金額でないと」

「ああ、手を考えているところだ。ところで、オットー」

マックはオットーが持ちこんだ機材に目を落とした。

「FBI捜査官がアイデンティキットを使って導き出した映像を見せてくれないか。ハリド・セイフと彼の恋人を、ヘリポートに迎えに行った男の顔を知っておきたい」

オットーがテーブルの上に、タブレット型のアイデンティキットを置いた。これを使えば、顔の様々な部分の写真を組み合わせ、似顔絵を作成することができる。

左右に二つあるスクリーンには、同じ男の顔が映し出されている。男は三十代、ハンサムで、肌の色は白く、知的な黒い瞳と、黒い口ひげが特徴的だ。

オットーは画面を指で軽くこすり、片方の写真の口ひげを消し、びんの部分に白い色を足した。更に目尻と口の両脇に線を入れると、一目で両方を同一人物と判断するのは難しくなった。

「ヘリポートの責任者は、男の身長が百八十三センチくらいだと言っているそうだ。言葉にイギリスのアクセントがあったそうだから、一応イギリスの学校を調べようかと思っている」

このオットーの報告に、マックの目は光った。

「サンドハーストだ」

マックはほとんど反射的に、イギリスの陸軍士官学校の名を口にした。

「この男は絶対に軍隊の教育を受けている。当然、戦闘訓練も受けている」

「イギリスの情報部は調べなくていいの？」

ピートの質問に、マックは首を振った。

「いや、軍隊式の教えを実践しているんだろう。かなり優秀な生徒だったはずだ。カウンターウエイトがある機械室へ行き、コンピューターをハッキングし、悠々と業務用エレベーターに乗り、殺した女性をなぜか二十階へ戻した。そのあと、ビルを出たやつは、一ブロック先から巨大な建物が崩れ落ちる様を、悠々と見物したんだ」

「ネベルに聞いたところによると、キャラハンのアシスタントの名前はメリッサ・サンダース。ハーバード大卒で経営学修士号を持っている、将来有望な女性だった。未婚、両親はミネソタ在住」

将来を嘱望されていた若い女性の最期に、ピートは胸が痛んだ。

「その男は、まるでネロだわ」

彼女は小さく息を吐いた。

「ローマの大火の裏で暗躍した暴君」

「そうだな、これからやつをネロと呼ぶとしよう」

マックはアイデンティキットの写真を見ながら、オットーに訊いた。

「ほかに報告は？」

「君たちのパスポートを作っておいたよ。運転免許証、家族写真、ネット上での情報も。マックの偽名はジョセフ・カントン、ピートはトニ・ボーマン。二人とも〈politicsnow.com〉《ポリティクスナウ》というサイトのブロガーだ。地政学的見地から、世界の動向を読み解く専門家で、二年前から様々な分析結果を発表している。今なにが起ころうとしていて、それがなにを意味するのか。過去との関連、未来の予測、それらが重要な意味を持つ理由」

「君の仕事と共通したところがあるな」

マックの言葉に、オットーはうなずいた。

「例えば、南西アジアにおけるパキスタンの地政学的重要性は、億万長者たちも注目しているところだろう。それからカナダの油砂《オイルサンド》や、アルバータ州からアメリカのテキサス州を結ぶ原油管路キーストーン・パイプラインは、サウジやロシアの興味を引くはずだ。また、イランとの取引が北朝鮮との交渉にどう影響を及ぼすのか。今、金の動きに目ざとい多くのプレイヤーたちが、この両国の情勢を知りたがっている」

オットーはタブレットを引き寄せ、画面をマックとピートのほうへ向けた。

「ダーリンが、こういった類の投稿を何千と考えてくれてる。ざっとでいいから、目を通しておいてくれ。ただし、これは決して強制ではなく提案に過ぎない。真実性、正当性、そしてアメリカ人らしさを君のやり方で発揮してくれよ、キモサベ」

「地政学か……奥が深そうね」

感心するピートに、オットーは照れ笑いを見せた。

「ルイーズは私のことを、〝年をとっためんどりみたい〟だと言うんだ。つまり、お節介焼きだとね。でもこれは私の性分だから仕方ない」

ルイーズ・ホーンはオットーの妻で、ＣＩＡの衛星配備の際、国家安全保障局《NSA》や国家偵察局《NRO》の合同チームで指揮をとっていた。衛星の専門家である彼女とオットーは、お似合いの夫婦だ。彼女の功績によって、スパイ衛星は今この瞬間にも、地球上のあらゆる周波数、無線、電磁波、赤外線、可視光線を感知し、正確な情報を提供し続けているのだ。夫のことをお節介と呼ぶルイーズだが、実は彼女自身も世話焼きで、マックたちにとっては母親のような存在だ。

「二人とも似たり寄ったりじゃないか」

マックは顔をほころばせた。

「いや実際、ピートの言うとおり地政学は興味深い学問分野なんだよ、マック。プレイヤーのように巨万の富を持った人間が、地球上に及ぼす影響は計り知れない。軍隊さえ、電話一本で動かすことができるんだからな。君やピートの命を奪うことなど、腕に止まった蚊を叩くくらい簡単なことだ。彼らが首を動かすだけで、君たちの身は危険にさらされるんだ」

「いつだって、そうだったよ」

マックは、危険を顧みず最前線へ赴くピートのことを考えた。しかし、これは彼らの任務であり、全うしなければならない約束だ。

思いを巡らすマックの顔を、ピートがのぞきこんだ。

「なにを考えてるの？」

「君はオットーと一緒に、ここに残ってもいいんだぞ。いつでもニューヨークに飛べるように」

マックの気持ちを察して、ピートは穏やかな笑みを湛えた。

「心配しないで。私が一緒に行かないなら、カンヌでガールフレンドを見つけなきゃならないわよ。同伴者がいないと、かえって目立ってしまうでしょう」

さっと立ち上がったオットーが、二人に手を差し出した。

「くれぐれも気をつけてくれ」

二人と握手をかわしつつ、彼は言った。

「F・スコット・フィッツジェラルドは正しい。結局、億万長者たちに、私たちのルールは通用しないんだ」

第十九章

シェビー158馬力のエンジンを搭載したクリスクラフト製の高速ボートが、沈む間際の夕日に照らされている。低いエンジン音とともに木製デッキを震わせて、出航を待っているところだ。カンヌ国際映画祭のメイン会場であるパレ・デ・フェスティバル・エ・デ・コングレはこのドックの近くにあり、界隈《かいわい》は上映を待つ人々で早くも混み合い始めていた。

「チケットが欲しかったら調達するぞ」

アルハマディは少し得意げに言った。

「でも、より重い金塊はハーバーに沈んでるだろうな」

とっさに考えついた比喩が気に入った彼は、一人悦に入った。

デッキシューズにボーダーシャツという伝統的な服装をした船員二人が、船のもやいを解きカマルたちを乗船させた。このボートはこれから彼らを、沖に停泊しているトム・ハモンドのヨットへと運ぶ。

全長三百八十フィートの〈グローリー号〉は二年前、イタリア、トスカーナ州のボートメーカー、コーデカーサで製造された。ハーバーに係留されている十艇ほどのメガヨットの中では、さほど大きなクラスではないが、最も流線形が美しく優雅な姿をしている。

豪華絢爛《けんらん》さという点では、なんと言っても〈M／Y アンナ号〉が抜きん出ている。トルストイの『アンナ・カレーニナ』にちなんだ船名を持つメガヨットで、持ち主はヴィクトール・シェフレフ。プレイヤーたちの中には、クリスタルやダイヤモンドをちりばめた内装が華美で悪趣味だとの声もあるが、誰もこの船への招待を断わりはしない。また、シェフレフの新しい愛人が誰であれ、彼らを自分たちのヨットに招待しない者はいなかった。

〝芸術の香りなき新しい文化〟――旧ソビエト連邦の強硬主義者は、あらゆる物に最高を求める新興財閥《オリガルヒ》の在り方を否定してきた。そしてシェフレフは、そのオリガルヒと呼ばれる寡頭資本家の一人である。

果実は熟し収穫されるのを待っている、ハモンドの洗練されたヨットを見て、カマルはそう感じた。何艘《そう》もの小型ボートが、防舷材《ぼうげんざい》を付けた〈グローリー号〉の周りに集まってきている。また、サントロペからやって来たベル・ヘリコプターも、西の方角から姿を現した。近くのヘリポートに着陸したそのヘリから、一組の男女が降り立った。

「トムは今夜、最終選考に残っている作品を非公開上映するんだ。サプライズでね」

アルハマディはエンジン音に負けないよう声を張りあげた。

「まだ誰も観ていない映画だぞ」

「招待された者の特権だな。あんたの顔の広さには感服するよ」

同じく声を張りあげるカマルに、アルハマディはまんざらでもない表情を見せた。そしてお世辞を手で払うような仕草を見せ、顔を背けた。

一分も経《た》たないうちに二人は、メガヨットの船尾にある乗降デッキに到着した。高速ボートがエンジンをアイドリングさせるとともに、アルハマディがカマルに言った。

「私は自分が、人にどう思われているか知っているんだよ、ミスター・バルデス。ただの道化かもしれないが、時々耳寄りな話を持ってくる、便利な男なんだ。確かに、王族の玉じゃないしな」

「どうせ、謙遜なんだろう」

にやりと笑うカマルに、彼は言った。

「とにかく、おまえは今夜の〝耳寄りな話〟の主役だ。だが、気をつけろよ。信じられないくらい冷酷な上に、権力を持ってる連中だ」

アルハマディの忠告に、カマルは鼻を鳴らした。

「連中がドラッグ・カルテルのボスを、快く受け入れるとは思ってないさ」

トム・ハモンドは四十代後半で、ネットビジネスで成功を収めた天才青年実業家を絵に描いたような風貌だった。金髪の短い髪は西海岸風の無造作なスタイルで、服装は黒いT

シャツにビーチサンダルとかなりカジュアルだ。一方、隣にいる美女の頬骨は高く、唇はぷっくりと肉感的だ。黒いビキニの上に繊細な薄い生地のジャケットを羽織り、ダイヤモンドを飾ったエルメスのミュールを履いている。

二人はゲストたちに挨拶をし、応接室や上甲板へと案内した。すでに二十人を超える人々が集まっていて、高速ボートやヘリも続々と到着している。

四人組のジャズバンドが演奏を始め、スタイリッシュな制服を着たウエイターやウエイトレスは、シャンパンやオードブルを甲斐甲斐《かいがい》しく運んだ。

「あの紳士がトム・ハモンド。女性のほうはスーザン・パターソン、ハリウッドの映画プロデューサーだよ」

アルハマディは二人に近づきながら説明した。

「二人は、彼女が元夫を捨ててからの付き合いだ」

「アリアン！　こっちに来てると聞いてたよ。顔が見られて嬉しいな」

アルハマディの姿に気づき、ハモンドが握手の手を差し伸べた。

「私もだよ、君のパーティーは絶対に外せないからね」

ハモンドと握手をかわしたあと、アルハマディはスーザンの頬にも短くキスをした。

「パブロ・バルデスです。どうぞよろしく」

カマルはすかさず名を名乗り、ハモンドに手を差し出した。

「アリアンとは、ちょっとしたビジネスを計画してましてね。パートナーになったばかりですが、パーティーへお邪魔させてもらいましたよ」

ほんの一瞬だけためらうような仕草を見せ、ハモンドはカマルの握手に応えた。

「イギリスのアクセントがおありだが」

「イートンが母校です。父はカリフォルニアのソノマでブドウ園を経営していまして、言葉がメキシコ訛りになることを嫌って、息子をイギリスに飛ばしたんですよ」

メキシコ系の名前と外見を持つアメリカ西部出身者。更にイギリス訛りの英語を話すという、少し変わった男バルデスに、スーザンは左手を差し出した。

「お父様の作戦は成功ですわね」

カマルは彼女の手を取り、指輪のない左手の薬指に、唇が触れるか触れないか分からないほどに軽くキスをした。

「歓迎するよ、ミスター・バルデス」

カマルの態度になにか引っかかりを感じたのか、ハモンドは微かな戸惑いの表情を浮かべた。「パーティーを楽しんでくれ。あとでまた、話をしようじゃないか。アリアンはいつも楽しい話を持ってきてくれるからね」

「喜んで」

カマルは、ハモンドとスーザンの両方に会釈をして見せた。

シャンパングラスを手にして、カマルとアルハマディは上甲板へと上がっていった。船尾の欄干に寄りかかり乗降デッキを見下ろすと、二十人ほどのゲストがゆっくりと歩き回ったりラウンジチェアに座ったりして、挨拶を交わしているのが見える。酒を飲み笑い合ってはいるが、彼らの態度は一様によそよそしく作為的だとカマルは感じた。これも、アトエイス崩壊の影響だろうか。億万長者たちの観察に耽る彼に、アルハマディが話しかけた。

「どうだった？」

最初の顔合わせが終わり、彼はカマルの感想を聞きたくて仕方がない様子だった。

「今夜、俺に会わせたかったのは、トム・ハモンドか、それともあの女性のほうか？」

「スーザンのつもりだったが、ハモンドも興味を持ったみたいだ」

「いや、これは彼女とのゲームだ」

「ああ、確かに。ハモンドは警戒心が強いからな」

「それに、彼女はハモンドに退屈し始めているようだった。違うゲーム相手を求めているみたいだな」

「その相手とは、おまえか？」

「いや、俺たちだ。カードの札は、もう配られたんだぞ。勝負はこれから二十四時間。それが過ぎたらゲームは終わる。まずは彼女に話を持ちかけ、うまくいったらハモンドにも参加してもらう」

　アルハマディは注意深い目つきでカマルを見た。

「くれぐれも慎重にな。私は、これにすべてを賭けてるんだ」

「すべてとは、具体的に？」

「独立だよ」

第二十話

　パリ午後七時、ワシントン時間の昼一時に、ガルフストリームはパリ＝オルリー空港に到着する予定だ。ピートは機内で出された夕食に、ほんの少し口をつけたあと眠ってしまっていた。一方マックは一睡もすることなく、ラングレーにいるオットーと断続的にやり取りを続けていた。またマックの携帯電話が鳴った。

「もうすぐ、オルリーだろう」

　オットーの声が聞こえ、マックはうなずいた。

「ああ、専用ターミナルまで地上走行《タキシング》するそうだ。まだ少し時間はある」

「ハンクスが、君たちと合流する人間を差し向けると言ってる。それからいくつか、重要な情報が入ったぞ」

　ボブ・ハンクスは、ＣＩＡパリ支局のチーフである。

　オットーとの会話が始まったタイミングを見はからって、客室乗務員のトインビーがブラッディーマリーをテーブルに置いた。

「ＮＹＰＤが、キャデラック・エスカレードの中の二遺体を発見した。ヘリポートの責任者に確認させたところ、セイフと恋人に間違いないと言っているそうだ。二人とも二発ずつ頭を撃たれてる。二発目は明らかに死後、こめかみに撃ちこまれていた」

「車はどこにあった？」

「ミート・パッキング地区の個人用ガレージだが、二月十日にアッテンボローという有限会社名義で買い取られたばかりだ。運転席からは、ロジャー・アッテンボローという男のパスポートと、黒いネクタイが見つかった。指紋採取をしたが、車からは今のところデータの中に該当する指紋は見つからないそうだ」

捜査がゆっくりと着実に前進しているのを感じながらも、マックはダークスーツの男のしたたかさを痛感した。

「指紋が認証されたら、かえって驚くよ。ネロは自分の情報がデータとして残らないよう、うまく立ち回ってきたのさ。次々に死を偽装し、偽名で新しい人物になりすましながら」

「セイフのパスポート、財布、携帯電話はなくなっていた。GPSで追跡したところ、最後の記録はアトエイスの倒壊現場だったそうだ。単純に考えると、彼の遺体はまだあそこのどこかにあるということになる」

「時間稼ぎを狙ったんだな。ほかには？」

マックはブラッディーマリーには手をつけず、オットーの報告に耳を傾けた。

「アッテンボローの法人用アメックス・プラチナカードは、グランド・ハイアットでも使われた。トーマス・ブランドという名で、アトエイス倒壊の二日前、スイートルームにチェックインし、事件の翌朝チェックアウトしたようだ。住所はロンドンのナイツブリッジになっているが、調べた結果、そこは公共施設だった」

「ホテルのスタッフにその男のことを訊いてみたか？」

「ああ、刑事が聞きこみをしたんだが、やつのことを覚えていた者はいなかった。毎日、大勢のビジネスマンが出入りをしているからな。だがＦＢＩが、アイデンティキットで作成した似顔絵写真を提供すると言っている。うまくいけば、より解像度を上げることもできるそうだ。新しい進展があれば、すぐに電話する」

「アルハマディの動きは分かってるか？」

「そっちも少し分かったぞ。今、カンヌにいて、マジェスティックに泊まってる。明日か明後日には発《た》つそうだ」

「モナコか……」

明後日までに接近し捜査するとなると、あまり時間がない。マックは唇を噛《か》んだ。

「カンヌで近づくことができなくても、モナコがある。ホテル・エルミタージュに、三日間滞在する予約を入れているから」

「私たちも同じホテルに泊まれるか？」

「スイートを予約済みだ。ただし億万長者としてではなく、オンライン・ジャーナリストとしてだ」

「モナコのあとは？」

「これは私の予想だが、サーキットを巡るとすれば、数週間以内にバーゼルのアート・フェア、そして六月二十五日からはアスペンのアイデア・フェスティバルだ」

「タワーのグランドオープンは？　ペントハウスのパーティーはいつ開かれる」

「今のところ予定は五月二十九日だ。ネベルは、ニューヨーク行きを急いでいないチーアン・チャンに、変更の相談をすることもできると言っている」

「国連で開かれる国際ユースデーの催しも、その日だな」

「そのとおり。会場の国連総会ビルは、万が一タワーが倒れた時、大きな被害を受けるエリア内にある」

　更にオットーは早口で、付け加えた。

「ネベルがパーティーの日程を先送りできたとしても、せいぜい一週間くらいだと思っておいたほうがいい」

「ネロも、自分の予定をその日に合わせてくるはずだ。それまでにやつの尻尾《しっぽ》をつかめなければ、ビルや周辺に避難指示を出すしかないな」

　到着を目前にしたこの時、連夜の睡眠不足がマックを襲い始めた。そんな彼の状態を察したのか、トインビーがギャレーから現れ、手つかずのブラッディーマリーを熱いコーヒーと取り替えた。

　間もなくして、ガルフストリームはＶＩＰターミナルへのタキシングを終え、トインビーはハッチ横にスタンバイした。

　窓の外をのぞくと、ターミナルの外でボブ・ハンクス本人が彼らを待っているのが見えた。彼のほかにも二人いて、一人は税関職員の制服を着ている。だが、もう一人の私服の男性が何者なのか、一目では分からない。刑事のようにも見えるが、おそらく機関の人間ではないかと、マックは予想した。

「ガルフストリームが止まった」

　機体が静止したのを感じ、マックはオットーに言った。

「税関職員とハンクの姿が見える。私服の男は国内治安総局《DGSI》の人間か？　ショルダーバッグを持ってる」

「ピエール・ギャラン少佐だ。君は彼のことを知らないだろうが、向こうは君をよく知ってる」

「なぜ？」

　予想どおりフランス情報機関が人を差し向けたようだ。マックは窓の外の三人の姿を、じっと見つめた。

「たぶんマーティーが挨拶の電話を入れておいたんだろう」

ＣＩＡ本部長マーティー・バンブリッジが、表敬の意味をこめてＤＧＳＩの上層部に電話をしたのには別の意図も感じられる。マックは眉根を寄せた。

「釘を刺しておきたかったんだろう」

いい意味でも悪い意味でも、バンブリッジは昔から、型にはまらないマックのやり方を知っている。

「ＤＧＳＩは、君たちの本物のパスポートと引き換えに一週間の滞在許可証を渡し、銃器を没収するつもりらしい。だがボブは密かに、君にはワルサーを、そしてピートにはグロックを渡すと言ってくれてる。サイレンサーと装塡済みの弾倉《マガジン》三つも一緒にな。もちろん秘密裏にだから……フランス当局に銃を携帯していることが知られたとしても、彼にはなにもできない。駐在大使がなんとか助けてくれるだろうが、かなり面倒なことになるから気をつけてくれよ」

「ハッチが開いた。税関職員とギャランがこっちへ来るようだ」

電話を終えたマックの声で、ピートは目を開けた。

「話はだいたい聞いてたわ」

「ＤＧＳＩに本物のパスポートと銃を渡さなければならない。表向きは、休暇で来ていることになっているからね」

マックの言葉に、ピートはウインクをした。

「新婚旅行とか？」

トインビーが開いているハッチの傍に身を引き、機内に税関職員とギャランが入ってきた。変装したマックを二度見したあと、ギャランはあからさまに不快そうな表情を浮かべた。

「ミスター・マクガーヴィー……ですよね？　そちらはミズ・ボイラン。フランスは、あなた方を快くお迎えしかねますな」

彼はそう言って、ガリア風の鋭く尖《とが》った鼻を上に向けた。肩幅が狭く、痩せこけていて、顔にはほんのわずかな笑みさえ浮かべていない。

「特に変装をした、あなたは」

ギャランはマックをねめつけた。

「では、追い返しますか？」

「一週間の滞在を認めますが、それ以上は絶対に許可できません。銃を携帯してますね？」

「ええ」

いささかのためらいもなく答えたマックに、ギャランはますます不快な表情を見せた。

「フランスに銃を持ちこむ理由は？」

「私のバックグラウンドは調べ済みでしょう。銃なしで海外に渡航したこともなく、そしてそれがなぜなのかもご存知のはずだ」

「パスポートと銃を渡してもらいます」

厳然とした口調で、ギャランは言った。

「引き換えに受領書を渡しますから、帰国の際に提示してください。どちらとも、その時にお返しします」

マックは席の正面にあるシート・ポケットから、ワルサー、スペアのマガジン、サイレンサーを、そしてバッグからパスポートを取り出して、不機嫌なＤＧＳＩ局員に渡した。続いてピートも、彼女のグロック、マガジン、サイレンサー、パスポートを速やかに提出した。

驚きで言葉もない税関職員の横で、ギャランはうなった。

「戦争でも始めるつもりですか」

「あくまで、用心のためです」

「我が国では、サイレンサーは違法だ」

「アメリカもです」

ギャランは銃器やパスポートをショルダーバッグにしまい、税関職員は一時ビザと受領書を二人に渡した。

「トラブルはごめんですよ」

ギャランは最後に一言言い添えて、ターミナルへと戻っていった。そのあとすぐ、彼らと入れ替わるようにして、ハンクスが機内へと入ってきた。

「ミスター・マクガーヴィー、ミズ・ボイラン」

彼は、ビジネス・スーツを着た特徴のない風貌の男だった。CIAの職員というより、銀行員か不動産管理人といった外見だが、同時に真面目で実直な印象だった。

「オットー・レンケからあなたのことは聞いた。いろいろと骨を折ってくれたようで、感謝してるよ」

礼を言うマックに、ハンクスは小さくうなずいた。

「お望みの品を調達をしたまでです」

彼はズボンのポケットから二人分のピストルを、コートのポケットからマガジンとサイレンサーを取り出し、それぞれマックとピートに手渡した。

「いい入場券ですよ」

「政府持ちだからね」

無事に銃を渡し終え、ハンクスは訊いた。

「滞在はパリですか？」

「いや、違う。だが用事を済ませたら、すぐに帰るよ」

ハンクスは、喉まで出かかった質問の言葉をのみこみ、手を差し出した。

「幸運を祈ります」

そして、二人に握手を求めた。

「ニューヨークで、またあんな悲劇が起こったあとですから」

第二十一章

時計の針が午後九時をまわるまでに、〈グローリー号〉に招かれたゲスト全員が乗船した。飲み物やオードブルは応接室《サロン》にビュッフェ形式で並べられ、一通り挨拶を終えたプレイヤーたちは一組また一組と小さな集団から離れていった。またこのパーティーには、パルム・ドール受賞が有力視されている映画を、明日の上映に先駆けて鑑賞できる、というサプライズも用意されていた。

徐々に分散したゲストたちは、ちょっとしたプライベートを求めて個室へ入ったり、ビジネスの話をするため上甲板に上がったりと、それぞれの時間を有効に使っていた。もちろん、どの場所にいても、備え付けのフラットスクリーンで映画を楽しむことができる。

アルハマディは、カマルの指示でハモンドの監視役を任されていた。この船上のどこかで、ハモンドから片時も離れず、歓談を続けているはずだ。

スーザン・パターソンはシャンパンの入ったグラスを持ち、サロンのちょうど真上に当たる右舷デッキに立っていた。視線の先には、海岸沿いのエスプラナード・ジョルジュ・ポンピドゥーを彩る車のライトや、別荘の明かりが美しく瞬いている。

「豪華な宝石箱をのぞいているようですね」

カマルは彼女の後ろから声をかけた。

「そうね。宝石箱より、こっちのほうがきれいかもしれないわ」

彼女は振り返らず、イギリス風のアクセントを使って答えた。

一方、クリュッグのボトルを手にしているカマルは、彼女と自分のグラス両方にシャンパンを注いだ。

「イギリス出身だとは知らなかったな」

傍に立つカマルを、彼女はまばたきもせずじっと見つめた。それはまるで、相手の顔を脳裏に焼き付けようとでもしているかのような眼差しだった。

「ロンドンには数回行ったことがあるだけよ。パインウッド・スタジオで仕事があって」

アラブ風のアクセントで話し、彼女は笑った。

「これでも昔は、なかなかいい女優だったの」

この情報はまったくの初耳だ。しかしカマルは、驚きを顔に出すことはしなかった。

「失礼ながら、出演している映画を知らないな」

彼女は微かに息を吐き、首を振った。

「そうでしょうね」

今度は、アメリカ中西部のアクセントだ。

「女性向きの映画ばかりだもの。ビクトリア朝や古代ペルシャが舞台の、感傷的なラブストーリーよ。主人公が恋する男は、みんなサラサラの長髪で、シャツの胸元は大きく開いていて、なぜかいつも乙女を危機から救うの。バカみたいでしょ?」

「でも、女優の仕事は楽しかったんでしょう?」

「ええ、それはもう。でも、大金を扱うようになってから生活は変わったわ。最初は五千万から一億、そのうちすぐに十億に跳ね上がった」

　彼女は再び、視線を夜景へと戻した。

「でもそうなってくると、いろいろと重圧も増える。ビル&メリンダ・ゲイツを見れば分かるでしょう。このパーティーに来ている人たちも、みんなそうよ」

「実は、ある提案があって来たんですよ」

　カマルは単刀直入に切りこんだ。スーザンは世故《せこ》に長《た》けた賢い女性だ。おそらく、回りくどいやり方は好まないだろう。

「ここにいるプレイヤーたちは、みんな気づいているわ。あなたを連れて現れたアリアンの顔つきで分かってしまう」

「私は場違いな場所に来てしまったんでしょうかね」

「冗談でしょう。億万長者がなにより好きなものをご存知?」

「金ですか」

「そうよ」

彼女は少し身を引き、しげしげとカマルの姿を観察した。

「当てさせてちょうだい、ミスター・バルデス。あなたはメキシコのドラッグディーラーなんかじゃないわね」

カマルは答えることなく、続く言葉を待った。

「マネーロンダラーってところかしら。特にアメリカでは、資金洗浄は大きな関心事だわ。いくらくらいの現金を扱ってるの。年間、数億？　イギリスのアクセントは、ロンドンの銀行と取引があるからでしょう」

「一千億ですよ。それに、ロンドンの銀行は調査が厳しすぎる。言葉にイギリスのアクセントがあるのは、イートンを卒業したからです」

一つ一つの回答にゆっくりとうなずき、彼女は言った。

「トムは、あなたの話に興味を持つと思うわ。彼は、銀行に強いコネがあるの。ヴィクトールは銀行のオーナーよ。ウラジオストック、ノヴォシビルスク、クラスノヤルスク、ほかの舌を嚙みそうなほど難しい名前の都市にも、たくさん銀行を持ってる。チーアン・チャンに至っては、ガゼルの子供を前にした腹ペコのライオンみたいになるでしょうね。まあ、多少はモラルや罪悪感に苦しめられるかもしれないけど」

「ヴィクトール・シェフレフやチーアン・チャンは、今夜は来ていませんね」

「ええ、でもバーゼルやアスペンには顔を出すわ。チーアンはニューヨークにも行くでしょう。購入したコンドミニアムのお披露目パーティーがあるから」

「パーティーは中止されるんだと思っていましたよ」

「彼は、この小さなはみ出し者集団の中で、一番リッチなの。電話一本で、どんなことでもできるくらい」

「〝はみ出し者〟？」

カマルの問いかけに、スーザンは笑った。

「私たちは、甘やかされた子供みたいなものよ。その代わり、すごく働き者だわ」

「あなたが働き者だということに、疑問の余地はない」

彼女は再び笑った。しかし、今度はその笑顔に、微かな自虐の色が混ざっていた。彼女は確かに、億万長者だ。だが、この錚々《そうそう》たるプレイヤーたちの中では、ほんの端役に過ぎない。あるいは、大物をパートナーに持つ元女優としてしか理解されない部分もあるのだろう。億万長者の世界にも、映画の世界と同じ不文律が存在する。美しい体、端整な顔立ち、洗練されたセリフ。これらは彼女にとって、大切な取引の道具なのだ。

「オーケー」

スーザンはきっぱりと首を縦に振った。

「あなたの話を聞かせて。もっと興行収益を上げたいと思っていたところなの。映画館の館主たちは、私から小金をくすねることしか考えていないし」

返事をしようと開きかけたカマルの唇に、彼女は人差し指を当てた。

「シャンパンのボトルを持ってきて」

そう言ってサロンへ入り、主寝室へ続く階段を下りていった。

カマルは彼女に従い、スイートルームへ進んでいった。二部屋続きの寝室の一つは、スーザン専用の部屋だった。彼女はカードキーで鍵を開け、彼を招き入れた。

「トムはプライベートを大切にしているから、いつでも一人になれる部屋が必要なの。だからここは私の部屋よ」

宮殿のような部屋の中央に置かれているキングサイズ以上の円形ベッドには、白いシルクのヘッドボードがついていて、奥にある広いバスルームには金箔《きんぱく》で装飾されたジャクージが、船尾方向にはウォークインクローゼットがある。

グラスをサイドボードの上に置き、スーザンはジャケットやビキニを脱いだ。一糸まとわぬ彼女の体は引き締まっていて、どう見ても五十歳近い女性とは思えなかった。せいぜい二十五歳にしか見えない若い肢体を作り出すため、よほど腕のいい美容外科医を雇っているに違いない。

形のいい胸、平らな腹、念入りに脱毛された下腹部。カマルも服を脱ぎ、ベッドに入った彼女の首や胸にキスをした。たっぷり時間をかけ、唇が脚の間に達した時、彼女は声をあげた。「早く！」

紅潮した顔を歪め、彼女は喘《あえ》いだ。

カマルはゆっくりと彼女の中へ入っていった。弦楽器を優しく、ゆっくりと爪弾くように、彼は自分の体で彼女を味わった。この時ふと、彼の脳裏に、事切れる寸前の人間の姿が浮かんだ。激しい苦痛に襲われ、驚愕《きょうがく》し、やがて死を悟る人の顔。彼は今まさに同じ顔を、スーザンの表情の中に感じ取っていた。異常な妄想を楽しむ彼の下で、彼女は唇を開き目を見開いた。彼女は、その瞬間を待っている。そう感じたカマルは、口の端に笑みを浮かべ絶頂を迎えた。

すべてが終わった時、スーザンは目を閉じて「ああ……」と声を漏らした。カマルはベッドから出て、まだ微かに冷たさの残るシャンパンを口に含んだ。

再びベッドに戻った彼は、ヘッドボードに枕を添え背中を預けた。スーザンも言葉なく身を起こし、カマルに渡されたシャンパンに口をつけた。

少しして、彼女はカマルに訊いた。

「ネネ・アキーラに会ったことはある?」

ネネは、あの日アトエイスで会ったエジプト女優だ。彼はスーザンの唐突な質問に驚きはしたが、それを決して顔には出さなかった。

「彼女はきっと、あなたを気に入ったと思うわ」

「そうかな」

「ええ、でももう死んじゃったの。ペンシル・タワーの倒壊で。彼女もスタジオを持っていたのよ。いい友達だった」

「気の毒に」

「残念だわ」

ぽつりとささやき、彼女はグラスに残っていたシャンパンを飲み干した。

「もっと飲みましょう。そして、私をもっとリッチにする方法を聞かせてほしいわ」

「喜んで」

カマルは言った。

「想像以上にリッチにしてあげるよ」

二人は揃って、小さな笑い声をあげた。

第二十二章

　ピートに頬を触れられ、マックは目を覚ました。

「アルハマディが、下で待ってるわ」

　彼女は言った。

　オットーが予約してくれていたマジェスティックの部屋からは港が見渡せる。二人は、アルハマディから連絡が来るのを待っていたところだった。到着早々、彼の妻の友人を名乗り、できるだけ早く、しかも内密に会って話がしたいというメッセージを残しておいたのだ。

　二人は部屋で夕食を済ませ、マックだけ十一時前にシャワーを浴び、仮眠を取った。現在、十一時三十分。彼はベッドから出て、ピートに訊いた。

「彼の反応は？」

「怒ってるわ。本当に奥方の友人かどうか分からない上に、要件も不明なんだもの」

　マックはバスルームに入り、冷たい水で顔を洗った。

「なにか金のことを話していたか？」

「いいえ。でも電話をよこしたっていうことは、いい滑り出しじゃない？　政治的な内容を発信しているアメリカのブロガーだと言っても、電話を切らなかったわ」

マックは鏡に映っているピートに向かって言った。

「彼には、なにか秘密があるんだろう。家族に知られたくない秘密があるから、様子を見たんだ。もしかしたら、金を儲けて一族から独立したいと考えているのかもしれないぞ」

「オットーのアシストに感謝ね。借りができたわ」

にっこり笑うピートを見て、マックも微笑んだ。

「あいつへの借りは、もう山ほどあるがね」

「これから、どうすればいい？」

「どこで会うことになった？」

「下の〈ザ・ギャラリー〉よ」

「ああ、〈フーケ〉のバーか」

マックは以前、そのバーを使ったことがあった。レストランのエントランス近くにあり、飲み物を飲みながら、食事の席に通されるのを待つこともできる。周りを見渡すには、絶好の場所だ。

「君は私より先に行って、バーから周囲の様子を観察してくれ。アルハマディを気にしている人物、特に私が現れた時、不審な動きをする者がいないかどうか」

「銃を持っていったほうがいい？」

「これからは、常に銃を携帯することにしよう」

マックは鏡から目を離し、ピートを振り返った。

「気をつけるんだぞ、ピート。自分の勘を大切にするんだ。タワーの招待状を手に入れるために、ネロが近くにいる可能性は高い。これまでの行動から推測して、やつは用心深い性格だ。おそらくいつも、周囲に細心の注意を払っているはずだ」

「アルハマディは、パイプ役になっているのかしら？」

「サウジアラビア人とネロに、そこまでの信頼関係があるかどうか疑問だ」

首を傾げたマックは、最後に言い足した。

「とにかく、〝ステップは軽く〟だぞ、いいな」

マックの頬にキスをしたピートは、グロックを入れたバッグを手にして部屋から出ていった。彼女がデザイナージーンズにペザントブラウスというシンプルな服装を選んだのは、バーで自分の姿を目立たせないためだ。美しい彼女がバーに一人でいれば、ゲイ以外の男なら誰でも声をかけずにはいられない。

マックはそれから五分後にワルサーをホルスターに入れ、ブレザーを羽織った。ブレザーのポケットには、オットーが用意してくれたギャラクシーS8を入れた。これは暗号化されたスマートフォンで、衛星携帯電話として使っている。

エレベーターで一階に降りたマックは、依然として混み合うロビーを横切っていった。

ラ・クロワゼット通りは、おそらく夜明け近くまで車の行き来が途絶えることはないだろう。明日、映画祭は閉会し、モナコのレースは日曜日に開催される。

〈ザ・ギャラリー〉の席は、ほとんど埋まっていた。ピートはレストランやエントランスが見渡せる一番端の席に座っていて、目の前のカウンターには、たった今バーテンダーが置いた赤ワインのグラスがあった。彼女はマックにさりげなく目配せをして、顔をそらした。あれは、今のところ変わったことはないという合図である。

オットーから送られてきた写真のおかげで、アルハマディの姿はすぐに見つけることができた。彼はアームチェアに深々と腰掛け、向かい側の空いている席をじっとにらんでいる。マックはさっそく、彼のほうへと歩み寄っていった。

「ミスター・アルハマディ。突然お呼び立てして申し訳ない。私は、ジョセフ・カントンです」彼はテーブルの側に立ったまま続けた。「ポリティクスナウというブログを書いているんですが、ご存知ですか?」

「知るわけがないだろう」

不機嫌そのものの口調で言い、アルハマディは向かいの椅子を指差した。

「座れよ」

勧められたとおり、マックがアームチェアに座るのと同時に、アルハマディは言った。

「いったい、なんの用だ。妻の友人から伝言でも言付かったか?　第一、おまえは何者だ」

「ですからジョセフ・カントンです。どうかジョーと……」

「それは聞いた。誰の使いだと訊いているんだ」

「大金に関する話をしに来ました。ある人物から、王族と関係のあるあなたを紹介されたもので」

そう言ってから、マックは少し肩をすぼめた。

「もちろん、ご興味はないでしょうが」

「待て。そのことと妻と、どう関係があるんだ?」

「実は、まったく関係ありません。あなたと話をするために、ちょっと嘘をついたんです」

「では、妻とは本当に無関係なんだな?」

「はい、ありません。ただし、奥様のバックグラウンドが、あなたの立場に関係していることは承知しています」

疑い深い眼差しをマックに注ぐアルハマディだったが、〝大金〟という魔法の言葉が彼をまだ席に引き止めているようだ。マックはハイネケンを注文し、ブレザーの前を合わせた。

「用件を聞こう。五分やる」

アルハマディは、アイスバケットからクリュッグを取り出しグラスに注いだ。

「ビットコインについてです」

マックは、ずばり切り出した。

「まだ不安定なマーケットですが、これから世界を席巻していくでしょう」

「そんなもの知らないね。どうせ、ちっぽけな儲け話だろう」

「USドルで、十億単位の話です」

数字を耳にしたアルハマディは微かに目を光らせたが、頑として首を振った。

「ペテンの匂いがする」

「ビットコインは仮想通貨の単位《ユニット》です。インターネット上だけに存在し、所有者と客はネットを使って取引をするんです。取引が決まれば、買い手は銀行口座振替で金を支払ってビットコインを購入し、購入したビットコインはヴァーチャル・ウォレットに貯めておく。ヴァーチャル・ウォレットとは、ネット上の台帳みたいなものと考えてください」

「それのどこが大金につながる？　私にはメルセデスのディーラーで、マイバッハを買うような話にしか聞こえないぞ」

「ディーラーによるでしょうが、まあ、それに近いと言えなくもないでしょう。購入者はビットコインを売ることもできるし、現金と同じように使うこともできる」

「人を煙《けむ》に巻くような話だな」

「ウォレットに貯めるビットコインは、だいたい数千ドル、百万ドル相当から始まり、どの国の政府からも規制を受けることはありません。その点、株式市場におけるフラッシュトレーディングやクレジット・デフォルト・スワップと似ています。政府機関の取り締まりも、そこまで手が届かないんですよ。ピアツーピア通信で商品取引をしたり、現金化したりできるんですから」

「それで？」

「市場的価値は世界中に広がっています。二〇一一年に、一ユニットにつき三十セントが数日のうちに三十二ドルになり、またそのあと二ドルで落ち着いたことがありました。しかし、その数年後、五十ドルで落ち着く直前、二百五十ドル以上にまで跳ね上がったんです」

「変動を予想することなど不可能だろう」

「予想するんじゃありません。操作するんです」

ここまで聞いたアルハマディは、一気にクリュッグを飲み干した。一方マックも、運ばれてきたビールに口をつけた。

「聞いたところ、やはりそれが大金につながるとは思えないがね」

肩をすくめ、アルハマディは空いたグラスにシャンパンを注いだ。

「直近の取引では、ハービングと呼ばれる方法で二千万を循環させた結果、半年後には倍に、更にその半年後に倍になったという噂もあります」

うつむいてマックの話に耳を傾け、アルハマディは今まさに頭をフル回転させているようだった。

「つまり、千ユニットが約二百十億だとして、半年後、またその半年後にいくらになると思いますか？　もう、さすがに政府が介入せざるを得ないような額ですよ」

マックの言葉で、ようやくアルハマディは顔を上げた。

「もし、そのなにかに投資しないかという誘いなら断わる」

「投資ではなく、市場を独占しないかと持ちかけているんです」

アルハマディは座り直し、椅子の背に背中をつけた。

「石油王ハント兄弟は銀相場を買い占めて破産した。まさしく身ぐるみ剝がされたんだぞ」

「ですから、先ほどから説明をしているとおり、腕のいいフラッシュトレーダーがいさえすれば、ビットコインのユニットは自由に操作できるんです。数百ドル以下でコインを買い占め、ユニットが数千以上になったところで放出すれば、儲けは莫大だ」

「そんなにうまくいくものか？」

「あなたは、コネクションをお持ちでしょう」

マックの視線を受け止め、アルハマディは問いかけた。

「それでおまえは、なにを持ってる？」

「私にはノウハウがあります。それに、大勢の加入者も」

そう言ってマックは、再びビールのグラスへ手を伸ばした。

第二十三章

午前一時、船室の携帯電話が鳴った。スーザン・パターソンはカマルとの二度目のセックスのあと、ジーンズとTシャツに着替えていた。まずはスーザンを懐柔する、というカマルの目論見《もくろみ》は成功した。しかしこれは、ほんの第一段階に過ぎない。

再び電話が鳴り、彼はスーザンに訊いた。

「出ないんだろう？」

「トムだわ」

そう言ったスーザンの顔には、いらだちの色が浮かんでいた。

「はい」電話に出た彼女は、すぐにスピーカーフォンに切り替えた。

「そろそろ私のオフィスに来てくれないか、二人とも」

トムの声が聞こえてきた。

「なんて嫌なやつなの。見てたのね？」

「てっきり知ってるんだと思っていたよ。なかなかのパフォーマンスだったぞ、スーザン」

「誰が船に残ってるの？」

「取り巻きが数人。こんな時間まで残っているのは、どうでもいいやつばかりさ。少なくとも、今のところはね」

ハモンドの当てこすりを聞き流し、スーザンはカマルと目を合わせた。

「お呼びとあらばすぐにでも。あなたにお話があるんです」

カマルが答え、ハモンドも言葉を返した。

「聞かせてもらうよ」

電話を切ったスーザンは、グラスに残っていたシャンパンを一気に喉の奥へと流しこんだ。

「やいてるのよ」

「君が、ほかの男と寝たから？」

「違うわ」

スーザンは笑った。

「お金よ。あなたが自分に最初に話を持ちかけなかったから、腹を立ててるの」

カマルはスーザンと一緒に、ハモンドのオフィスへ入っていった。広い室内の壁は木製で、床にはモノグラムのカーペットが敷き詰められていた。絵画や古美術品のような類のものは一切飾られておらず、三方の壁の大部分は大きなフラットスクリーンで占めていた。画面にはいくつもの株式市況が、また分割スクリーンには各国の証券取引所の立会場《たちあいば》が映し出されている。ほかにも、世界中の天気、要約し翻訳された各新聞のトップ記事、主要国のテレビ・ニュース、また諜報機関から提供されている検索エンジンなどが、この場所に座っているだけでチェックできるようになっていた。中には、スーザンの部屋をモニターするスクリーンや、パブロ・バルデスの不明瞭な写真を映しているスクリーンもあった。

「あまりいい写真じゃないな」カマルは言った。「隠し撮りされた写真だから、仕方ないが」

ハモンドは、部屋の中央に置かれた大きなデスクの向こう側に座っていた。周りにはアームチェアや白い革張りのカウチ、ガラスの天板にステンレスの脚がついたコーヒーテーブルなどが置かれている。どれも温かみを排し、機能美を追求したモダンなデザインのものばかりだ。

カマルとスーザンはそれぞれ、ハモンドと向かい合って座った。一方ハモンドは、二人が断わったはずのコーヒーをテーブルに置き、自分の椅子へと戻っていった。

「ビジネスの話をしようじゃないか」

彼は言った。

「君は想像していたより、ずいぶん大きな商売をしているようだ。畑違いだから、あまり詳しくはないがね。確か、年間一千億と言っていたな」

「それ以上だ。主にアメリカでの取引は、手に負えないほどの利益を上げている」

「マネーロンダラーは君だけじゃないだろう」

「もちろんほかにもいるが、規模はずっと小さい」

「マネーロンダリング」

ハモンドが声を発した瞬間、スクリーン上にはいくつものヘッドラインが現れた。国連薬物統制犯罪防止事務所のドラッグ犯罪に関する記事や、今やマネーロンダリングの中心地とも言われているロンドンの記事などが、真っ先に浮かび上がる。

「たくさんの銀行が、槍玉に挙げられているようだな」

カマルの言葉に、ハモンドはうなずいた。

「だから、ここへ来たんだろう。アリアンの目当ては？」

「仲介料だ」

「では、スーザンがリスクを負う代償は？　君が彼女の耳元でささやいたことを、ちゃんと聞いておきたい。よく聞こえなかったんでね。ところで……ずっと私に見張られていたことには、気づいていたんだろう？」

「ああ、ある程度予想はしていた」

そう言って、カマルは脚を組み直した。

「USドルで一ドルにつき五十セントを支払ってもらう。つまり、十億なら五億だ。渡す紙幣は一ドル、五ドル、十ドル、二十ドル札、そっちは五億分を債券か現金化できるもので返してくれ」

「チケットの売り上げを操作することになるんだぞ、いいのか？」

ハモンドがスーザンに尋ねた。

「ショー・ビジネスの世界でも、似たような金融取引は時々行われているわ」

彼女は続けた。

「以前、あなたとも話し合ったことがあるでしょう。宣伝費を興行成績が見込めない映画に回して、大ヒット映画の純利益を少なく計上するやり方を。それに比べたら、チケット売り上げの水増しのほうが簡単だと思うけど。チケットは、ほとんど現金商売なんだし」

「クレジットの売り上げも増えてるぞ」

「だったら現金支払いに、割引をつければいいのよ」

ハモンドはカマルに向き直った。

「ミスター・バルデス、五億の行き先はどうするつもりだ？」

「三十パーセントは傘下のカルテルに、二十パーセントは私に入る」

「もし私が参加するなら、六十パーセントはもらわないとな。仲間に三十パーセント渡ったとしても、君にはまだ十パーセント残る。決して悪い儲けじゃないと思うぞ。こっちも危ない橋を渡るってことを忘れないでくれ」

「いや、それはできない」

きっぱりと言い、カマルは立ち上がった。

「スーザン、君はさっきの取り分でいくんだろう?」

「ええ、いいわ」

「ミスター・ハモンド」

カマルはドアに向かって歩き出しながら、いとまを告げた。

「今夜の手厚いもてなしに感謝する。すばらしい船を堪能させてもらったよ」

ところが彼がドアノブに手をつけると同時に、ハモンドは再び質問を投げかけた。

「現金の輸送方法は?」

この言葉を聞いたカマルは、あえて時間をかけゆっくりと振り返った。

「パレット梱包した現金を、そっちの選んだ空港に飛行機で運ぶ。あるいは、コンテナにして指定の港に船で運ぶこともできる。受け取った現金をどう運ぶかは、あなた次第だ。ちょっと調べたところによると、たくさんのダミー会社を持っているようだから、取り締まりレーダーに気をつければ、荷の偽装くらいお手のものだろう。おそらくギリシャ政府なら、協力に積極的だと思うが」

「いつ、始められる?」

「いつでもいい。債券を受け取り次第、現金を渡す。金融派生商品《デリバティブ》、クレジット・デフォルト・スワップ、流通債券、なんでもいい」

「不動産は？」

カマルは心の中で密かに、勝利の雄叫びをあげた。アルハマディはこれで一つ、大仕事をやり遂げたことになる。スーザンとハモンドのドアは、ほぼ確実に開かれたのだ。

「銀行についてはシェフレフ氏、不動産についてはチャン氏と話をしたい。チャン氏は香港にいくつもホテルをお持ちだ」

カマルの返事を聞いたハモンドは、口を尖らせ、口笛を吹くようなふりを見せた。

「望みはあくまでも高く、か」

「多様性《ダイバーシティー》は大切だ。そう思わないか？」

カマルの問いかけには答えず、ハモンドは続けた。

「二人ともカンヌにもモナコにも参加しない予定だ。だがヴィクトール・シェフレフはバーゼルに、チーアン・チャンはアスペンに行くことが決まってる。それに我々みんな、ニューヨークに集まる予定だ」

「ニューヨーク？」

カマルはすかさず、水を向けた。

「チャンはペンシル・タワーのコンドミニアムを最高額で買った。ニューヨークでは、そのお披露目パーティーが開かれるのさ」

「あんなことがあったあとだから、中止になるものだと思っていたよ。9・11を真似たテロリストの仕業だそうじゃないか」

「今、ニューヨークは国土安全保障省やFBIの人間であふれているそうだ。噂では、CIAも捜査に乗り出しているらしい」

これらのハモンドの情報には、確かな裏付けがあるように聞こえた。カマルは改めて、この部屋のモニターに映る映像の数々を見渡した。

「情報収集は完璧のようだ」

「ああ、そうだよ。どうやら君は、肝の据わった男のようだ。よかったら、ニューヨークへ来ないか？　みんなに紹介しよう。君の言うように、ダイバーシティーを尊重しよう」

「そうしてくれれば、ありがたいよ」

オフィスから出ていく頃合いを見ていたスーザンが、カマルに歩み寄った。

「送らせて」

「君もモナコへ行くのかい？」

ハモンドがカマルに訊いた。

「もちろん」

「宿泊先は？」

「エルミタージュのほかに、どこがある？」

　カマルの答えに、ハモンドは笑った。

「このヨットに泊まればタダだぞ。だが、持ってる金は使わないとな」

　カマルも最後ににこりと笑い、スーザンと一緒にオフィスの外へと出ていった。

　二人は廊下を半分ほど進んだところで、立ち止まった。

「今夜、どこに泊まるの？」

　スーザンは訊いた。

「マジェスティックだよ」

「私もついていっていいかしら？　モナコまで一緒にドライブしたいの」

「嬉しいよ。ただし、ビジネスの話ばかりじゃなければね」

「じゃあ、仕事の話はほどほどに」

　彼女はさっそくハモンドの元へ戻り、自分がこの船から下りることを伝えた。

「ヤキモチ焼かないでね、トム。私の荷物は、マジェッスティックに運ばせてちょうだい」

第二十四章

マックは開け放った窓から、ラ・クロワゼット通りや入り江の停泊灯を見やった。真夜中だというのに、車の流れは途絶える気配がない。ふと、誰かがこんなことを言っていたのを思い出す。〝映画祭の週のカンヌでは、誰もベッドに入らない。もし入るとすれば、それはセックスのため〟

疲れはピークに達しようとしているのに、マックは眠ることができずにいた。アルハマディと会ったあと、ピートとベッドに入り情熱的な一時を過ごしたにもかかわらず眠ることができなかった。高ぶった神経は、相変わらずオーバードライブ状態を続けている。

「どうしたの、マック？」

静かな声で、ピートは尋ねた。

「なにか見落としているような気がしてならないんだ」

オットーからの電話で知った、ハリド・セイフと恋人がガレージで遺体で発見されたという情報。どうしてもそれが、頭から離れなかった。しかも、アイデンティキットで作成した犯人の人相や体格は、ＵＡＥのオフショア投資銀行のオーナー、ハリド・セイフと酷似している。セイフはもともと、写真を撮られることを嫌い、クライアントたちとも顔を合わせたがらない人物だった。ネロはそれを利用し、やすやすと潜入に成功したのだろう。

ピートは、窓辺に立つマックを見つめた。

「見落としって？」

「国連の隣のタワーをアトエイスと同じ方法で崩壊させるとしたら、チャンのパーティーに出席することが必要だ。問題は、次は誰になりすますつもりかってことさ。もうセイフにはなれないんだからね」

「ネロは私たちと同じ目的で、ここに来ているんでしょう？　タワーに招かれるような、ひとかどの人物だと認められること。つまり役に立つ男だと、プレイヤーたちにアピールしたいわけよね」

「そう、そのためにはなにをするかだ」

「滞在先は、ホテルかしら、ヨットかしら？　きっとモナコにも行くでしょうね」

ピートはベッドの端に腰掛け、腕を組んだ。

「実はねマック、私にも気になっていることがあるの」

「なんだい？」

「アルハマディよ。彼が自分について語っていることが、本当なのかどうか……」

マックは録音しておいたアルハマディとのやり取りを、ピートに聞かせていたのだった。

「なにか、引っかかったのか？」

「はっきりとは分からないけど、直観でそう感じたの。彼は自分を偽っているんじゃないかって」

「サウジの情報部員という可能性もなくはないぞ。プレイヤーと親交がある王子たちを見張るために」

「そうかしら？」

「だから、わざわざ私たちと会って話を聞いたのかもしれない」

「確かに、そうよね」

マックは携帯電話を手に取り、オットーのユニバーサルナンバーを押した。この通話は、マクレーンにある彼の家につながるはずだ。

電話に出たのはオットーの妻ルイーズだった。

「マック、調子はどう？」

「アルハマディの興味を引くことができたよ。ビットコインの話をハモンドにもするはずだ」

「噂では、彼はあのネズミの群れの中でも、飛び抜けて欲深い男のようね」

「悪人かどうかは、まだ分からないが」

「お金だけ持ってて、文化を知らない、低俗な人たちよ」

マックには、彼女がこんなにも感情的になる理由が理解できた。マックの妻ケイティーと娘のエリザベスが殺されたことが、彼女の心に大きな傷となって残っているせいだ。

「アトエイスで巻き添えになって亡くなった人たちも含めて、9・11のことを忘れるわけにはいかないわ。いったいいつになったら、こんなテロ行為を終わりにできるの、マック？」

「分からないよ。我々はただ、できることを一つ一つ解決していくだけだ」

「ピートはどうしてる？」

「彼女には、ずいぶん助けてもらってる」

「よかった」

電話の向こうで微笑んでいるルイーズが、マックには見えるようだった。

「オットーはオーディーの機嫌を取っているところよ。ああ、来たわ……代わるわね」

「彼女は元気だよ」

電話に出たオットーは、真っ先に言った。〝彼女〟とは、マックの孫娘オーディーのことだ。「進展はあったか？」

「アルハマディとコンタクトをとって、ビットコインのアイデアを話した。ハモンドのほうにも彼から伝わるはずだ。それから、やはりネロは今こっちにいると確信してる」

「百パーセント確かか？」

「いや、もうカンヌにはいないかもしれないが。モナコ、バーゼル、アスペンには必ず行くはずだ」

「それなら、必ずプレイヤーたちに接触してくる。彼らの一員になりすますか、あるいは、うまい話を持ちかける者として。君たちと同じようにね」

「ネロなら最高級のホテルに泊まるだろう。もちろんカンヌではマジェスティック、モナコではエルミタージュ、バーゼルではレ・トロワ・ロア、そしてアスペンではセントレジス。そこで一つ、やつにとっては重大な問題が生じる」

「そう、これからは一つの名前を使い続ける必要があるからな。その線で当たってみよう」

「それから、アルハマディのことをもっと調べてほしいんだ。ピートも私も、彼にはもっと裏があるように思える」

「サウジの情報部員とか？」

「ああ、それもありえる」

「分かった、三十分くらい時間をくれ」

一旦オットーとの通話を切り、マックは再び停泊灯の点いたヨットに視線を移した。まだ、なにかが頭の隅に引っかかっている。

「少し散歩をしてくるよ」

マックはピートに言った。

「もしよかったら、一緒にどうだ？」

「喜んで」

二人ともジーンズにポロシャツという姿のまま、一階に下りていった。ロビーはまだ、シャンパンを飲み興奮さめやらない人々の活気に包まれていた。ピートの目には、大勢のアメリカ人女優の姿も飛びこんできた。肌を露出させたゴージャスなブロンド美人が、頭にヘアピースを載せた太鼓腹の五十男と一緒にいる姿も、ちらほらと見かけられる。

「美女と野獣ね」

思わず呟いた彼女に、マックは言った。

「尋問官時代の君とパートナーたちも、同じようなものだったぞ」

彼の言葉に、ピートは笑った。

「そんなことないわ。それに、誰も私をからかったりしなかった」

「本当に？」

「ええ、そんなことをしたら、あなたに撃ち殺されるから」

しかし彼女と相棒たちを〝美女と野獣〟と形容する声を、マックは局内で何度か耳にしたことがあった。

「元上司のガールフレンドだからか」

「まあ、そういうところね」

ホテルを出た二人は、ラ・クロワゼット通りをビーチへ向かって歩き、波打ち際までやって来た。海は静かで、低い波が粗い砂の浜辺を洗っている。街の灯《あか》りを圧倒するほどに星が瞬く夜空の下、何組かの恋人たちが腕を組んで歩いていった。

「ネロはきっと、ニューヨークが厳戒態勢だと知っている。そんな中で、また別のビルを狙うとしたら、どんな計画を練るだろう」

マックは頭の中にくすぶっている疑問を、声に出した。

「もしかしたら、あえて私たちの目をタワーに向けようとしているのかも」

ピートは言った。

「だって、マンハッタンのペンシル・タワーはほかにもたくさんあるでしょう。特にキャラハンを狙ったのでない限り、ターゲットはいくらでもあるわ」

「オットーはまだ、アトエイスと犯人とのつながりを発見できていない」

「なぜ、アトエイスでなければならなかったのかしら……」

「そうなんだ。私は、その理由をずっと考え続けているんだ。そしてアルハマディの存在も、気になる」

「まだサウジの関与を疑ってるのね？」

「ああ、9・11のこともあるからな」

「動機はなに？」

「ＩＳＩＳか」

「ＩＳＩＳが先導したという考えは除外したんじゃなかった？」

ピートが足を止め、マックに向き直った。

「サウジと組んだのだとしても、ＩＳＩＳはもうすでに大きな打撃を受けているはずよ。その上、もしまたネロがタワーを崩壊させたら、彼らにメリットがあるとは思えない」

「分からないな……」

二人が再び歩き始めた時、オットーからの電話が鳴った。

「マジェスティックとエルミタージュ、両方に予約を入れている客は合計で五十七人だった」

オットーは報告した。

「そのうちバーゼルに行く客は十八人、更にアスペンとなると九人に絞られる」

「アスペンまで行く客の中に、目立った人間はいるか？」

「みんな顔が知られた有名人ばかりさ」

少し間を置き、オットーは続けた。

「だがカンヌとモナコの五十七人の中には、おもしろい人物がいるかもな。もっと深く調べてみよう。今のところはここまでだ、キモサベ」

「こっちもいろいろ突いてみるさ。突き返してくるやつが現れるまで」

そう言ってマックは、電話を切った。

第二十五章

全身汗まみれのアルハマディは、喉を鳴らして喘いでいた。どんなに頑張ってみても、オーガズムに達することができないのは分かっている。だがそれは決して自分のせいではない、と彼は思っていた。

船で会った女たちは誰も、彼を相手にしようとはしなかった。プレイヤーたちに媚《こ》びを売る尻軽女たちを、一人も連れて帰ることができなかったアルハマディは、一晩一万ユーロの高級娼婦《しょうふ》をホテルの部屋に呼んだ。ところが、その娼婦はどう見てもペルシャ系の体つきをしていたのだ。

イラン人の美女を抱いても、彼は少しも高揚感を得ることはできなかった。紅海を臨む街ジッダで少年時代を過ごした彼は、女性も文化も西洋的なものに憧れて育った。また、その頃から肉付きがよかった彼は私立の学校で教育を受け、クリケットやサッカーではなく、野球やアメフトのほうを好んで観戦した。その上、彼を性欲のはけ口にし続けたゲイのルームメイトに勧められ、アメリカの古いドラマ『ダラス』にはまった。油田開発で財を成した大富豪の人間ドラマで、王族の血縁である自分の環境と重なるところがあったからだ。彼は、アメリカの大牧場主となり、富と権力と情熱的な女性たちをほしいままにする自分の姿を、夢想しながら大人になった。

平均的な成績だった彼は、大学で国際法を学んだ。しかし司法試験にことごとく失敗し、最終的にはクラス最低の成績で卒業した。にもかかわらずコネを使い、内務省に二流役人として採用された。就職を決めた理由は、単純だった。父が油田事故で亡くなり、これ以上教育に金をかけられないと母に言い渡されたからだ。

職場でも誰にも好かれることがなかった彼は、ニューヨーク支局の文化担当官として赴任した。つまり、外国に飛ばされてしまったのだ。しかし、ここで彼の才能は開花する。このことは周辺の人々を少なからず驚かせたが、一番驚いたのは何を隠そう彼本人だった。ご機嫌取りのうまい道化師になりきり、人に優越感を与える稀有《けう》な才能が彼にはあった。彼は要人の使い走りになり、ありとあらゆる手配を一手に引き受けた。

彼が〝コンシェルジュ〟という異名をとってから六年が経った頃、ノーフに出会った。のちに彼の妻となる彼女は、控えめで知的な女性で、アラビア語、英語、仏語、独語、伊語の五ヵ国語の通訳として働いていた。彼と同じように、太めで背が低く目立たない外見だが、アブドゥラジズ王の血を引いていた。直系中の直系である彼女は、アルハマディ家より上位であり、同時に王位を引き継ぐ資格のある家系でもあった。

二人が恋に落ちるまでに、そう時間はかからなかった。アルハマディは持ち前の巧みな話術で彼女を楽しませ、彼女のほうも自分の血統を絶やさないためにも、この機会を逃すわけにはいかなかった。

出会いから一年後、彼らはリヤドで結婚した。アルハマディは内務省の仕事に戻り、一方新妻は、本の翻訳に生活のほとんどの時間を費やしていた。その間、夫が彼女の財産で娼婦を買い、酒とギャンブルに明け暮れても、気づかないふりをしながら。

テーブルの上の衛星電話が鳴り、娼婦がそれに手を伸ばした。だがアルハマディは彼女の手を払いのけた。

「もう終わったの？」

アルハマディの萎《な》えた股間を触り、娼婦がかすれた声で言った。

「どけよ」

アルハマディは彼女を荒々しく押しのけ、ベッドから出た。

「次は農場に行って牛とやる。そのほうがマシだ」

「お好きなように」

彼は三度目の呼び出し音で電話に出て、娼婦は服を抱えてバスルームへと消えた。

暗号化された携帯電話の発信者ＩＤを見ながら、アルハマディは言った。

「やあ、スイートハート」

「女を帰らせて、こっちにかけ直して」

唐突に告げ、ノーフは電話を切った。

娼婦が出ていったあと、アルハマディはオーダーしたクリュッグが部屋に届くのを待った。妻に電話をする前に、なんとか気持ちを切り替えておきたかったのだ。

すぐに届いた冷たいシャンパンをグラスに注ぎ、彼は電話をかけた。

「惨めな言い訳を聞いている時間はないの」

聞こえてきたノーフの声には抑揚がなかった。

「オーケー」

二人は数年前、秘密の協定を結んでいた。ノーフは金銭面で彼のサポートをする、その代わりアルマハディは夫婦円満のふりをし続けるというものだ。彼は自由を謳歌《おうか》し、時々妻から送られてくる奇妙な指令を楽しんだ。だが、その指令がいったい誰からのもので、目的はなんなのか、一度も聞かされたことはなかった。

「一人？」

ノーフは訊いた。

「ああ」

「至急やってほしいことがあるの。早朝までにできればベストよ」

「やってほしいこととは？」

これまでアルハマディは、妻から言い渡される仕事を一度も断わったことはなかった。

彼女は自分より裕福で、しかも権力があるのだ。

「あなたアメリカ人と会ったでしょう？　でも、その男の正体や目的を突き止めることができなかった。消してしまうか、あるいは目をそらさせるべきだと判断したわ。そういう得体の知れない人間を、我々はなにより嫌うのよ」

彼女が言う〝我々〟とは誰なのか、もちろんアルハマディは尋ねたりしなかった。

「なにから目をそらさせる？」

「あなたはそんなこと考える必要はないの」

ノーフの口調からは、いらだちと焦りが感じられる。

「なんであれ、その男がしようとしていることからよ！　とにかく、言われたとおりにして」

「それ以上、情報を知らせるつもりはないんだな？」

「そうよ」

「分かったよ、スイートハート」

弱々しい声で、アルハマディは答えた。

「ニューヨークに寄ってから帰るよ」

そう言い終える前に、電話は切れていた。

アルハマディはさっそく、マルセイユに依頼の電話をかけた。

「近くに人員がいる」

相手は答え、低い声で付け加えた。

「だが、ずいぶん急な仕事だ。ボーナスをもらわないとな」

「いいだろう」

了承したアルハマディは、相手に詳細を伝えた。

第二十六章

散歩を終えたマックとピートが、ホテルのエレベーターホールに戻った時、アルハマディとばったり出くわした。彼は少し興奮した様子で言った。

「部屋に電話したんだがいなかった」

マックは傍にいるピートを、別名で紹介した。

「初めまして、ミズ・ボーマン」

アルハマディの挨拶に、ピートも答えた。

「お会いできて嬉しいです、ミスター・アルハマディ」

彼は軽く会釈をして、マックのほうをちらりと見た。

「ジョセフを少しお借りしてよろしいでしょうか？」

「もちろん」マックが答え、ピートに微笑んだ。「君は先に部屋へ戻っていてくれ。すぐに戻るから」

「待ってるわ」

ピートが立ち去ると同時に、アルハマディはマックの腕を取り、ホテルの外へと導いた。ラ・クロワゼット通りを下り、ビーチを行く彼の足は、終わらないパーティーを繰り広げる賑やかな界隈から、どんどん遠ざかっていく。すっかり寂しい場所へやって来ると、彼は話し始めた。

「ハモンドにビットコインの話をした。すごく興味を持ったようだが、ほかにもいい情報を入手したと言ってたよ」

「それは珍しいことなのかい？」

「いや、彼にとっては日常的なことだろう」

マックはふと、足を止めた。いつの間にか、ラ・クロワゼット通りから、ずいぶん離れた場所に来てしまっていた。

「それで、夜明け前のこんな時間に、話さなければならない用件とは？　なにか急な展開でもあるのか」

「ハモンドが、そっちのことをもっと知りたいと言ってきたんだ。アシスタントがあんたのことを調べたんだが、ブログを見たのはそれが初めてだったらしい」

「もう二年も続けているんだがね」

「それは確認できたそうなんだ。でも、名前も聞いたことがないのは、少しおかしいと……」

「ミスター・ハモンドは、もっと腕のいいアシスタントを雇うべきかもしれないな」

その時、シャーマンM４中戦車のように大きな人影が二つ、マックたちのほうへ近寄ってくるのが見えた。アルハマディは気づいていないのか、二人組には目を向けようとしない。

「あるいは、この話は別の誰かに持ちかけたほうがいいのかもしれない」

二人の大男を視界の端に捉えて、マックは言った。

「そこのお二人さん」

若干だが、背の高いほうの男が声をかけてきた。

「手に手を取って、浜辺の散歩か？」

訛りの強い英語だ。コルシカ島か、フランス系アルジェリア人のアクセントだとマックは思った。

三メートル先で立ち止まった二人は、黒いジーンズとTシャツを着ていて、黒っぽいジャケットを羽織っている。どう見ても、雇われ用心棒という風貌である。

「今なら、道を選べるぞ」

マックは男たちに言った。

「下水道に這《は》い戻るか、用事を始めるか、二つに一つだ。私としては、あとのほうにしてほしいがな。いろいろと、尋ねたいこともあるんでね」

一方、アルハマディは無言のまま、そろそろと一メートルほど離れていった。見たところ、あまり動揺はしていないように見える。

「ピュタン、アメリカン！」

もう一方の男が言った。〝くたばれ、アメリカ人〟という意味のフランス語だ。

ここでもし銃声を響かせでもしたら、警官を出動させることになるだろう。マックは、それだけはどうしても避けたかった。

ポケットから古い型のナイフを取り出した二人組は、二方に分かれて身構えた。しかしこれは大きな間違いだった。

一瞬のうちに左へと身をかわしたマックは、一方の男の腕をつかみ上げ、ナイフを手に突進してくる男に向かって突き飛ばした。ナイフは見事に男の胸に刺さり、続いてマックの固い拳《こぶし》が突進してきた男の喉笛を直撃した。

自軍優勢と見るや、アルハマディは胸にナイフを刺したまま倒れている男に駆け寄り、側頭部に激しい蹴りを入れた。

「くそったれ！」

悪態をつき、すでに息絶えてた男の胸からナイフを引き抜く。

「おまえもこれで、刺されたいか！」

喉を押さえているもう一人の男を刺そうと振りかぶった時、マックの声が彼を制止した。

「一人は生かしておけ！」

「こんな悪党、刺し殺したっていいだろう」

「いや、誰に雇われたか、聞き出しておきたい」

「きっと雇われてなんかない。ただの街のチンピラどもさ。この時期、カンヌにはこんな輩《やから》が大勢いるんだ」

なおもナイフを振り上げようとするアルハマディの腕を、マックはつかんだ。

「違う、雇われたんだ」

そう断言して、彼は取り出したワルサーにサイレンサーを付けた。

「銃を持ち歩いてるのか？」

微かに顔色を変えるアルハマディに、マックはうなずいて見せた。

「言うとおり、この時期のカンヌは物騒だからな。明日のモナコも同様だ」

うずくまっている男の傍に膝をつき、ジャケットのポケットを探ろうとした瞬間、抵抗する男の手がマックの手首をつかんだ。

マックはすかさず銃のグリップで、男の鼻を殴りつけた。鮮血が飛び散り、男はマックの手首を放した。

「誰に雇われた？」

マックは訊いた。

「くたばれ！」

しわがれた声が聞こえ、彼は畳み掛けた。

「もう一度訊く。誰に雇われた？」

固く口を閉ざす男の側へ、アルハマディがにじり寄った。ナイフを持ったままの彼の動きにも、マックは注意を払った。

「相棒は死んだ。おまえを、逃がしてやる理由もない。雇い主を言えば、話は別だが」

マックは、無言の男の内ポケットに手を入れた。内ポケットにはなにも入っておらず、更に両脇のポケットを叩いてみる。すると、パスポートと財布が、片方のポケットに入れられていた。まずはパスポートを開き、男の名前を読んだ。

そこには、アルジェリア国籍のサミール・マディアンという名が記されていた。

「ずいぶん現金を持ってるんだな、サミール」

財布にはぎっしりと札束が詰めこまれていた。ざっと見たところ、千ユーロはあるだろうか。

「遅かれ早かれ、雇い主はおまえが失敗したことに気づく。この金の行方を知りたがるだろうな。また同じ依頼をしてくるかもしれないぞ」

アルジェリア人の視線が、一瞬マックの後ろのほうへと動いた。

マックは銃からサイレンサーを外しつつ、自分の後方にいるアルハマディに言った。

「ナイフを拭いたほうがいい。指紋がべったりついてるから」

銃をホルスターに戻す彼を見て、アルハマディはつぶやいた。

「ああ、そうだな……考えもしなかった」

立ち上がったマックは、とうとう口を割らなかった男に言った。

「また現れたら、今度こそ殺してやる。分かったな」

アルジェリア人は、無言のままうなずいた。

サイレンサーをポケットに、銃をホルスターに収めて、マックは男から一歩離れた。周囲を見渡してみても、誰かに気づかれた様子はない。しかしここで刺殺体が発見され次第、警察の捜査が始まるはずだ。傷を負ったアルジェリア人が、相棒の死体を運び去らない限り。


ホテルに帰る途中、アルハマディは口数が少なかった。手に付いた血をハンカチで拭い続けるばかりで、暴漢たちのことには触れようともしない。

「ハモンドに話すと言っていたビットコインの話は、無かったことにしてくれないか」

マックは言った。

「誰か別の人間に持ちかけたほうがよさそうだ。今、私に近づくと、ろくなことはないからな。どうやら、誰かのヒット・リストに挙がってしまっているらしい」

「やつらは殺し屋なんかじゃないと思うよ。ただの物盗《ものと》りさ」

「いや、それはない」

マックは首を振った。

「ブログのことは話してもいいか？」

アルハマディに訊かれ、マックはもう一度首を振った。

「それも、やめてくれ」

＊　＊　＊

マックはさっそく、浜辺での顚末《てんまつ》をピートとオットーに報告した。

「あの二人を雇ったのは、アルハマディだ。とても偶然の出来事とは考えられない。彼がサウジの情報部とつながっていることは、ほぼ間違いないだろう。もっと深く探ってみてくれないか」

マックの結論を、オットーも支持した。

「ああ、そうだな。彼が誰とつながっているにせよ、君を殺したがっている者に違いない」

オットーは言った。

「調べてみる」

第三部 モナコグランプリ

第二十七章

愛車のベントレーで、カマルはモナコのエルミタージュへやって来た。自宅近くのホテルに泊まるというのも少しおかしな話だが、おそらくモナコの住人たちが彼に気づくことはないだろう。というのも、このあたりはあまり隣人同士の付き合いがない。プライベートを大切にしたいという態度を示せば、誰もそれを邪魔しようとはしない。

昨夜を一緒に過ごしたスーザンは、今朝、モナコを一人で楽しみたいと言って部屋を出た。おそらく今頃、また〈グローリー号〉に戻っているのだろう、とカマルは思った。彼女とのセックスを楽しんではいるが、それだけの関係だ。時が来れば、彼女を殺すかもしれない。そのほうが、セックスよりずっと楽しいのは言わずもがなのことだ。

ハモンドには乗船を勧められたが、プライベートな用事があると言って断わった。彼とは朝一番に、電話で話した。

「君が望めば、船でのプライバシーは約束するよ」

ハモンドは言った。

「ありがとう。でもあなたのプライバシーに対する概念は、いささか信用できないのでね」

カマルの言葉で、二人は笑い合った。

「いずれにせよ、仕事の話はしなければな」

いつものビジネスライクな口調で、ハモンドは言った。

「なにか、早急に話し合わなければならないことでも？」

「違うよ、今夜また船上パーティーを開くことにしたんだ。もちろん、明日の午後、レースは観戦するんだろう？　よかったら一緒にどうだ」

「では、仕事の話は、レースのあとにしましょう」

「私は、週明けまでニューヨークのオフィスへは戻らないことにした」

ハモンドは続けた。

「バーゼル入りは十八日だ。ヴィクトールもそうするだろう」

「チャンはどうです？」

「バーゼルが終わった数日後にはアスペンに向かう。もちろんタワーでのパーティーもあるが」

「では、明日会いましょう」

「昼食は船で食べるといい。ドックにいる誰かが、案内してくれるから」

ハモンドはそう言って電話を切った。

カスティーリョの名前でチェックインしたスイートルームからは、モナコ公国と港が見渡せる。彼はこの気持ちのいい眺めを見て、ベルボーイに五百ユーロのチップを渡した。

ベルボーイが部屋から出ていったあと、部屋に用意されていたクリュッグのボトルを開け、グラスに注いだ。

部屋の値段をぐんと上げている南東側のバルコニーには、十人以上の客を招いてパーティーができるほどの広さがあった。カマルはグラスを手にして、絶景を臨むバルコニーに立った。

ハモンドの誘いを断わりはしたが、ここは自分の住んでいる街で、特になんの用事もなかった。ただ、こうして一人になれる時間が必要だったのだ。

彼は張り込みが嫌いだ。当然、じっと同じ場所でライフルを構え、ターゲットを待ち続けるのを楽しいと思ったことはない。事に当たる時は、できるだけ近くで相手の目を見ながらというのが彼のポリシーだ。自分の死を目前にした時のあの目ほど、彼を興奮させるものはなかった。あれを見ることができるなら、金などさほど重要なことではない。

時にはこうしてなにもせず、仕事の首尾を振り返るのも大切なことだ。港に目をやったカマルは、船首を北に向けて停泊している白いメガヨットを見つめた。船首から船尾にかけ、青い波が描かれていて、まるで大波をかき分けて進んでいるようにも見える。あれはハモンドの〈グローリー号〉だ。遠く二十五キロ先にはアンティーブが、比較的近くにはボーリユーやヴィルフランシュも見える。今日のような雲一つない快晴の日、ここからの港の眺めはまさに圧巻だ。

裕福になることはいいことだ、とカマルは思っていた。しかし、プレイヤーたちやハモンドのように度を超えた金持ちになるのは、いかがなものだろう。彼らはたくさんの問題と、プレッシャーを抱えながら日々を過ごしている。金さえあれば、不死身になれると信じているからだ。実際、彼らの意見や評価は注目され、影響力を持つ。趣味やファッションさえも、流行に大きな影響を与えるのだ。

部屋の固定電話が鳴り始めたが、カマルは無視して悠々と港を行き来するヨットを眺めた。北へ向かう高速ボートが、水上スキーを楽しむペアを港の入り口まで運んでいく。地中海をコルシカ島方面へ向かっている大きな船は、フェリーや貨物船だ。あれらはおそらく、マルセイユへ帰港する途中の船だろう。

視線を下へと移すと、全長三・三キロに及ぶF1コース沿いに、セーフティー・バリアが張られていた。それは、海岸付近からトンネルを抜け、直線コース、市街道、そして有名なフェアモント・ヘアピンへと続いている。

世界三大レースと呼ばれているのは、ほかにル・マン24時間耐久レース、インディアナポリス500マイル・レースがあるが、走行速度を考えるとモナコグランプリは一番遅いレースだ。だが同時に、最も危険なレースと言っても過言ではない。

数分後、電話が再び鳴り、沈黙した。カマルは部屋へ戻り、伝言を聞いた。これらの電話は、どちらともアルハマディからで、両方に同じメッセージが残されていた。彼もヨットには乗らず、同じホテルに滞在している。

『できるだけ早く電話してくれ。緊急事態だ。邪魔者が現れた』

　このメッセージの最後には、彼の携帯電話の番号が添えられていた。

　カマルはバルコニーへ戻り、特殊仕様のiＰｈｏｎｅでサアドのアクセス・ナンバーを押した。サウジの情報部員は二回目の呼び出し音で応答した。

「なんだ」

「アルハマディがトラブってるようだ」

「というと？」

「やつもエルミタージュに泊まってるんだが、私の部屋にメッセージを入れてきた。〝邪魔者が現れた〟とか言ってな。そっちになにか、心当たりはないか？」

「ハモンドには会えたのか？」

「ああ、話に乗ってきてる」

「チャンのパーティーに招待されそうか？」

「ああ、今のところ確実だ」

「これは予想だが、アリアン・アルハマディは、おまえ以外の誰かにハモンドへの橋渡しを頼まれたんだろう。彼は、勝ち馬に乗ろうと躍起《やっき》なのさ」

「その邪魔者とやらを消すべきか？」

「いずれはな。急ぐことはない。しばらく、相手の出方を静観しよう」

「あいつは、バカだ」

カマルの意見に、サアドも賛成だった。

「ああ、まったくだよ」

通話を終えたカマルは部屋に戻り、継ぎ足したシャンパンを飲んだ。更にしばらくしてから固定電話の受話器を取り、アルハマディの番号を押した。

「このスイートへ来い」

短い要件を告げ、彼はすぐに受話器を下ろした。


数分後、アルハマディはカマルの部屋へやって来た。ジーンズにデッキシーズ、胸に『Team Mercedes』と書かれたTシャツという格好である。階段を一気に二階まで駆け上がって来たかのように息を切らしているが、これが彼なりの演技であることは明らかだった。

カマルは彼をバルコニーへ通し、シャンパンの入ったグラスを渡した。

「そいつの名前はジョセフ・カントンだ」

アルハマディが話し始めても、カマルは椅子を勧めなかった。

「〈ポリティクスナウ〉というブログを書いてるらしいんだが、数日前まで、誰も目にしたことがないブログなんだ。本人は、二年前から投稿してると言ってるんだが」

「だから、なんだ?」

「実は、やつにビットコインの買い占め話を持ちこまれてる」

「それで、その話をハモンドに話したのか?」

「ああ、トムは興味を持っているよ。一ユニット二千百万から始まって、千ユニット二百十億の取引にまで膨れ上がる。すごい儲け話だと思わないか?」

「それのなにが問題なんだ?」

カマルはなに食わぬ顔で尋ねたが、頭の中では危険を察知したレーダーの音が鳴り続けていた。

「トムからいろいろと質問があって、昨日の夜、その男と散歩に出たんだ。そうしたら、ラ・クロワゼット通りを五十メートルも行かないうちに、物騒な輩に絡まれた。大男の二人組で、もしかしたら誰かに雇われたやつらなのかも」

「それで?」

「ナイフを出して襲いかかってきたから、カントンが二人まとめて畳んでやった。一人は銃で殴られ重症を負わされ、一人は相棒のナイフが胸に刺さって死んだ。カントンは何事もなかったように、二人組をビーチに残して立ち去ったよ」

「カントンとやらが、プロだと思うのか?」

「間違いない」

「アメリカ人の刑事か？」

「もしかすると財務省の人間で、あんたを捜しているのかもしれない」

アルハマディが嘘をついているのは確かだ。しかし、彼の話のどこまでが嘘で、またなんのための嘘なのか、まだ分からない。しかし心配には及ばない。それもすぐに突き止められるだろう、とカマルは思った。

第二十八章

モナコへ発《た》つ朝、マックとピートは部屋で朝食を取りながら、テレビのニュース番組をチェックした。今日はモナコまで列車で移動し、エルミタージュには昼頃にチェックインする予定だ。インターネットテレビの〈オレンジ〉〈カナル・プリュス〉〈シネマ・カナル・プリュス〉は、映画祭のニュースを放送しているものの、海岸で起きた殺傷事件については触れていない。

今朝読んだ〈ニース・マタン〉紙も、ヘッドラインは映画祭で、その関連記事が紙面のほとんどを独占していた。こちらもテレビ同様、犯罪事件についてのニュースはまったく見当たらなかった。

「有名人や金持ちの祭典に、水を差したくないってことかしら」

ピートは冷めた口調で言った。

一方、昨夜のことが気がかりなマックは、まずはオットーへ電話をかけた。ラングレー《CIA》は午前一時を回ったところだが、彼はまだ職場に残って仕事をしていた。

「昨日の夜のことが、ニュース番組や新聞に取り上げられてないんだよ。おかしいと思わないか？」

「いや、そんなものかもしれないぞ」

マックの報告に、オットーもピートと同じく冷めた口調だった。

「きっと地元警察は、自殺として片付けたいんだ。目撃者もなく、胸にナイフの刺傷がある死体が海岸に転がっていただけなんだから」

「アルハマディは男の頭を蹴っていたぞ」

「警察はそのことは重要視していないようだ」

「私やピートの名前が、国内治安総局《DGSI》の容疑者リストに挙がってないか？」

「今のところ、大丈夫だ」

そう言ってオットーは、軽く注意を促した。

「だが、フランス当局が少しでも君の尻尾をつかめそうだと判断すれば、しつこく追ってくるぞ。もしそうなったら、うまく身をかわしてくれよ」

「分かった。数時間後にはモナコに到着するだろう」

「アルハマディには、ビットコインの話をハモンドに伝えないよう言ったんだよな？　だが、昨夜の事件の一部始終は、彼の耳にも入っているはずだ。そうなると、君の素性を疑い始めるに違いない。君を刑事だと思うかもしれないな」

「もし、そうだとしたら、私がアルハマディに近づいた理由を知りたがるだろう」

朝食のテーブルからコーヒーカップを手に取り、マックは続けた。

「彼はカントンという謎の人物を、そのまま放ってはおかないだろう。好奇心が、そうはさせないよ」

「ええ、なにより金銭欲が、そうはさせないわ」

テレビ画面から目を離し、ピートが言った。オットーにも、彼女の声は聞こえた。

「そう、文字どおりトン単位の紙幣の山を思い浮かべれば、それをもっと増やしたいという欲には勝てないさ」

「それこそ、こっちの思うツボだ。ああ、それから……アルハマディの調べは進んだか？」

マックの問いかけに、オットーは声を曇らせた。

「今知ってる以上のことは、分からなかった。もし彼がサウジの情報部に雇われているのなら、スパイとしてだろう。ハンドラーとは会わず、電話だけで連絡をし合っているんだ」

「スパイとしては、重宝な人材だろうな」

「彼の持っている特権が、王族の監視役にぴったりだからな」

「本当にスパイだとしたら、ずいぶんと忙しい男だぞ。しかも、かなりうまく愚か者を装い、自分をカモフラージュしてる。しかし、王族の誰かに接触している気配は、今のところないよな？」

昨夜のアルハマディの態度を思い起こしながら、マックはオットーの答えを待った。

「ああ、そうだ。しかし、サウジの王族は大勢いる。映画祭やモナコにも来ているだろう。少なくとも二艇は王族のヨットがモナコ港に向かってるはずだ」

「アルハマディはなぜ、私から離れようとしない？」

マックの疑問に、オットーははっきりと答えた。

「それは、今なんらかの理由で、彼のターゲットがハモンドだからさ」

オットーと会話をしている間、マックの脳裏にはいくつかの言葉が浮かんでは消えていった。それらは諜報活動に必要な教訓のようなものだった。

〝どんなに期待の持てない些細《ささい》なことでも、新たな突破口となり得る〟〝想定しうる五つの可能性の中から、最も自分が恐れているもの、それが次に起こることだ〟〝あまりに順調な物事の行き着く先は、たいていワナである〟

「ネロはきっと、近くにいる」

マックは言った。

「そして、アルハマディは我々と同じ目的で、やつに利用されているんだ。チャンのパーティーへ潜りこむためにね」

「そのためには、かなり強力な情報源が必要だぞ」

「ニューヨークではセイフを殺し、彼になりすました」

「次も同じ手口を使うだろうか？」

今度はオットーの疑問に、マックが答えた。

「私の勘では、ハモンドになにか儲け話を持ちかけているんだ。当然、それでチャンの興味も引くことができる」

「さすがのハモンドでも手に余るか、あるいは二の足を踏むほど、規格外の話に違いない」

オットーはそう言って、小さく呟いた。

「裏の領域《フリンジ》を探る必要があるな」

「だが、そう考えていくとタワーで開かれるチャンのパーティーが、ネロのアキレス腱でもあるわけだ。ところで、ＦＢＩのアイデンティキットの成果はあったか？」

「それが、芳しくない。目撃情報は、あまりにもまちまちで当てにならないようだ」

オットーは言った。

「ほんの数日で、人の記憶は曖昧になる。だから、最初のイメージが正しいことが多いんだ。薄れてしまった記憶を、話したがる人も少ないしね。残念だが、キモサベ。振り出しに戻ったと思って、自分の勘を信じてくれ。怪しい人物を嗅ぎ分ける鼻を、君は持っているはずだ」


出発の準備が整い、マックがベルボーイを呼ぼうとしていた時、部屋の固定電話が鳴った。電話はアルハマディからだった。

「そろそろ、モナコへ発つだろう？」

相変わらず、あまり知性を感じさせない、甲高い声が聞こえてきた。

「昼前の列車でな」

うかがうような表情を浮かべ、マックは答えた。

「その必要はない。ハモンドが車を差し向けると言ってるから」

「昨日の夜話したとおり、もうあの話は忘れてくれ」

マックの答えを聞き、アルハマディは一瞬口をつぐんだ。

「昨夜の事件。あれには驚いたよ」

「驚いた？」

「ああ、あの二人組に殺されていたかもしれないからな。あんた、まるで刑事みたいだった」

「空軍の特別捜査局《OSI》にいたことがあるんだ。昔身につけた習慣は、なかなか抜けないものだろう」

ＯＳＩは空軍の防諜、犯罪捜査、保安、などを統括している機関だ。

「まあいずれにせよ、あの二人組はあんたに完敗だった」

マックは答えず、彼の次の言葉を待った。

「ハモンドは、とても興味を持っているんだ。彼だけじゃなく、スーザンもね」

「スーザンとは？」

「ハリウッドの大物さ。彼女とハモンドは、いい関係でね」

アルハマディの要件は、やはり予想どおりだった。

「勘弁してくれ」

「力になると言ってるんじゃないか」

「断わる。もう私たちに構わないでくれ」

拒絶の言葉を聞いても、アルハマディは引き下がろうとしない。

「ハモンドはヴィクトール・シェフレフも誘うつもりらしい」

「もう何人か、別の候補者が見つかったんだ」

「いや、ちょっと待ってくれ。そんな候補者なんか、彼らに比べたら小物に決まってる」

もはや、アルハマディの声には必死さが滲《にじ》み出ていた。

「私は、肝の据わった人間を探してたんだ。市場を独占する勇気のある人間をね」

決して折れようとしないマックに、アルハマディは続けた。

「かなりの額の仲介手数料を払ってもいい」

「仲介手数料など、興味はない――」

マックは笑った。

「――物分かりの悪い男だな。私は百パーセント確実な仕事を望んでいるんだ。そのためのノウハウは、知り尽くしてる」

「そうか……」

　腹立たしげに、アルハマディは言った。

「ハモンドやプレイヤーたちに、この話をしてみるよ。あんた抜きでも、できることだからな。その時に悔やんでも、後の祭りだぞ」

「ああ、せいぜい頑張ってくれ。だが失敗したら、すべておまえの責任ということになるがな」

　そう言い捨てて、マックは電話を切った。

　会話を聞いていたピートは、思わず苦笑いを浮かべた。

「あなたが本気で彼を追い払おうとしているのなら、今の会話は最低の会話だったわ」

「追い払う?」

　マックはにやりと笑った。

「焚《た》きつけてたのさ」

「やっぱり。そうだと思ったわ」

第二十九章

カンヌからモナコまでは、列車で約四十キロの旅だ。見事な景色を見ながらの快適な旅だったが、アンティーブを出たあとニース駅で十分ほどの足止めがあった。若いカップルに手伝われて乗車してきた老女が、席に着くのを待ったためだ。

「ありがとう、ありがとう、あなたたち」

何度も親切な若者に礼を言う老女を見て、ピートは目を細めた。

「こんな光景、滅多に見ないわよね」

「フランスだからさ」

うなずくマックに、ピートは訊《き》いた。

「昔、住んでいたことがあるのよね？」

「ああ、オットーも一緒だった。最初のうちは楽しかったが、そのあとが大変だった」

「どうしたの？」

「まあ、とにかく……大変だったのさ」

言葉を濁し、マックは昔を振り返った。

たとえどんなに短い期間であっても、過去にマックが住んだ場所では〝大変〟なことが起こった。それは、ワシントンをはじめとする政治中心部であっても同じことだ。友人はジョージタウンのレストラン爆破テロで、義理の息子は銃撃で、妻と娘は爆破の巻き添えになり、命を落とした。またピートも、任務の遂行中に命に関わるような経験をしている。フロリダでは彼自身も何度か、暗殺のターゲットになったことがあった。

そして昨夜カンヌの浜辺で、再び何者かが彼の命を奪おうとした。

「思い出してるのね？」

ピートの声で、思いに沈んでいたマックは我に返った。

「ああ」

「どこに行っても、そのことを忘れないで」

「了解だ」

マックは軽く手を挙げ、小さな敬礼をして見せた。

「君まで失いたくない。勘を研ぎ澄ますんだぞ、ピート」

「了解よ、ボス」

二人は見つめ合い、微笑んだ。

目的の駅は、眼下にサン・デヴォト教会やモナコ港を望む丘にあった。港に浮かぶメガヨットは、白い波を立てながら防波堤のほうへと進んでいく。マックとピートはタクシーを拾い、エルミタージュへと向かった。ラ・コンダミン地区までの道路は比較的空《す》いていたものの、そこから中心街まではひどい渋滞だった。運転手の話によると、この週は地元住民にとって試練の週だということだった。レースのため、主要箇所の通りがすべて封鎖されているためである。

「あのバリアが取り除かれるまで三週間の我慢ですよ」

運転手は言った。

「その間、いつもの暮らしができないっていうのに、誰も文句を言ったりしない」

「金の力だ」

思わず呟いたマックの顔を、運転手はバックミラー越しにのぞきこんだ。マックがアメリカ人であろうと見当をつけた彼は、笑みを浮かべた。

「イギリス人は別ですよ。彼らは時間に厳しいから」

その時、オットーから電話が入った。

「カンヌとモナコの、高級ホテルの宿泊客リストを手に入れた」

働き詰めであるにもかかわらず、彼の声からは活力が感じられた。

「調べていくと、一人おもしろい人物を見つけた。メキシコ人のエンジェル・カスティーリョという名前で、メキシコシティで株式売買の会社を経営してる。メキシコ最大の証券取引所、ボルサ・メキシカーナ・デ・バロスから正式認可を受けた会社だ」

オットーの報告を受け、マックは渋滞している道路へ目をやった。

「バーゼルやアスペンにも宿泊予約があるのか？」

「いや、ないんだ。ここ三ヵ月の間、ニューヨークのトップ10ホテルにも泊まった記録が残ってない。なんだか臭わないか？」

「カスティーリョという偽名を使っているのかどうかは分からないが、ネロは間違いなくモナコに来ている。そう感じるんだ」

「そのカスティーリョという男、おかしなことに顔や姿を撮った写真や動画が残ってない。実はな、マック……はっきりしたことはまだ言えないんだが、今、考えていることがある」

「なんでも、聞かせてくれ」

「サウジの関与を、やはりまだ疑ってる。サウジ政府が認定した作戦行動を、すべて除外したとしてもね。もしそれが知れたら、王族は破滅だ。だからこれは、ＩＳＩＳに罪を着せた富裕層の大量殺人事件だと、個人的には考えてるんだ。しかもかなり大掛かりなね」

「だからといって、罪を償わせるのは難しいぞ」

マックは声を落とした。

「９・１１の犠牲者の遺族が訴えを起こしたことがあるが、裁判は起訴無効になった。サウジアラビア国家主権による免責特権と証拠不十分がその理由だ」

「ダーリンが、ある名前を拾い出した。ナスル・ザ・イーグルという、おそらくコードネームだ。本名という可能性もないことはないが、いかにもＧＩＰが好みそうな名前だろう」

「で、その詳細は？」

　オットーに尋ね、マックは背もたれから背中を離した。

「いわゆるフリンジから浮かび上がった名前なんだよ。以前、ドイツ人の政治家が、愛人と一緒にベッドの上で殺されているのが発見された。頭には二発の銃創があり、一つは明らかにインシュアランス・ショットだ。ネロの手口と重なる。殺された政治家は、石油輸出国機構《OPEC》の価格決定権をコントロールする活動を主導していた。ところがこれは、サウジの石油産業に、大きな影響を及ぼす活動だった。ドイツ連邦情報局《BND》はこの時の報告書で、サウジ国籍の殺し屋イーグルについて触れている。ただし、明らかになっているのは、名前だけだ」

「なるほど。ほかにも、なにかその名前が関係している事件が？」

「いや、ないんだ。だが関連がありそうなのは、ベネズエラのカラカスやマラカイボで続けて起こった掘削基地の火災だ。業務事故として結論づけられたが、これが誰かの仕業だとすれば、イーグルの正確無比な犯行に近いものがある」

「その線は細いな。しかし、二つの事件に政治的な動機があることは確かだ」

「疑えば、どんなことでも怪しく見えてしまうな。ところで、ハモンドはどうなった？」

「興味を持っているようだ。ほかにもパターソンというハリウッドの大物が一枚嚙んできそうだ。彼女のことを知りたいな」

「待ってくれ」

オットーがダーリンに向き合っている間、マックは渋滞と格闘する運転手の様子をうかがった。話を聞かれているのではないかとピートに目顔で尋ねると、彼女からは〝大丈夫〟という合図が返ってきた。

「いくつか情報が出てきたぞ、マック」

オットーが戻り、マックは再び道路へと視線を戻した。

「スーザン・パターソン、プレイヤーの一人だ。アトエイスで亡くなったネネ・アキーラとは、仕事上の知り合いか、あるいは旧知の間柄だったようだな」

「おもしろいつながりだな」

「詳しいことは、あとで報告する。プレイヤーたちは、どうやら同じ場所に集まりたがる傾向があるようだ」

「引き続き頼むよ」

マックは言った。

「また犬の群れに小枝を投げてみるか。くわえて戻ってくるのがどの犬か、楽しみだ」

かなりの時間をかけ、タクシーはモナコの超一流ホテル、エルミタージュに到着した。

車を降りたマックとピートは、カンヌの時と同じくカントンとボーマンの名前でチェックインを済ませた。部屋は程よい広さのバルコニー付きのジュニア・スイートで、レースのコースや港も見渡すことができる。

オットーから聞かされた、ナスル・ザ・イーグルという名前が、ずっとマックの頭から離れずにいた。

「運転手は、話を聞いてなかったわよ」

何事か黙考している様子のマックに、ピートは話しかけた。しかしその時、コーヒーテーブルの上の固定電話が鳴り、彼女は受話器を取った。

「カントンの部屋です」

応答して、すぐにスピーカーフォンに切り替えた。

「トム・ハモンドだ」

男性の低い声が聞こえてきた。

「カントン氏が部屋にいるのであれば、少し話をしたいんだが」

ピートは受話器を差し出し、マックににっこりと笑って見せた。

「驚きましたよ、ミスター・ハモンド」

受話器を手にして、マックもピートに微笑んだ。

「アリアンから聞いたよ、昨夜は災難だったな」

やはりハモンドは、アルハマディから浜辺の事件を聞かされていたのだ。

「災難だったのは、暴漢のほうです」

ハモンドは軽く笑い声をあげ、要件を切り出した。

「例の計画について、話を聞きたいんだが」

「実は、ほかに話す相手を見つけてしまったんですよ」

「もうすぐ防波堤の近くに着くんだ。そうだな……一時間後に、船に来られるか？」

「パーティーには行きたくないな。ビジネスのためなら、話は別ですが」

「もちろん、こっちもそのつもりだ。明日、ミズ・ボーマンと一緒に船からレース観戦しないか？　部屋のバルコニーよりいい眺めだ」

ハモンドは一瞬間を開け、もう一度訊いた。

「一時間後に来られるか？」

「いいでしょう」

マックは電話を切り、ピートと拳を突き合わせた。

第三十章

カマルはバルコニーのテーブルで、焼きたてのクロワッサンと深煎《い》りのコーヒーを楽しんでいた。アメリカ人がビュッフェと呼んでいる、あの食事スタイルが、彼はどうも苦手だった。今まさに、防波堤に停泊しようとしているハモンドのメガヨットには、そのビュッフェが用意されていることだろう。

見たところ、ハモンドの〈グローリー号〉は港で一番大きな船とは言えないが、それに近い大きさはある。カマルは以前、このアメリカ人億万長者へのインタビュー番組を観たことがある。ヨットでも家でも車でも、なんでも大きさや高価さを競うのは好きではない、と語るハモンドにインタビュアーは訊いた。

「では、高価な女性にも興味はない？」

ハモンドはすっくと立ち上がり、そのままセットから立ち去った。そして数日後、インタビュアーは番組から降ろされた。

タワーで開かれるパーティーのチケットは、どうしても手に入れておきたい。カマルはプレイヤーたちのリサーチに余念がなかった。中でもハモンドは、なかなかおもしろい男だとカマルは思っていた。だがサーキットを巡るプレイヤーたちは、彼と同じくらい興味をそそられる人物ばかりだ。つまり、如才なく、人当たりがいい。ビル・ゲイツやウォーレン・バフェットのように。

彼らはみんな、同じ特性を持っている。そう、それは誰よりも、なによりも、自分を信じているということだ。しかし、強い自己愛は弱点にもなり得る。だからそうならないため、カマルはいつも自分を完璧にコントロールすることを心がけてきた。

目下、一番の懸念材料はジョセフ・カントンという男の存在だ。アルハマディが警告したとおり、彼の素性は今のところ不明なのだ。

カマルはサアドに電話をかけ、状況の報告をした。

「その男は、アリアンと組んでいるのか？」

サアドに尋ねられ、カマルは首を振った。

「それはない。やつはその男がアメリカ財務省の捜査官かもしれないと言っているが、それも違うだろう。財務省の人間の動きじゃないからな」

「昨夜のことらしいが、やったのはおまえか？」

「違う。たまたま物盗りに襲われたのかもしれない」

しかしカマルは、昨夜の事件が偶発的なことだとは考えていなかった。

「ただ身分を偽っている可能性は高い。二年前から書いているというブログも、数日前まで誰も目にしたことがない」

「ハモンドのヨットには乗るのか？」

「ああ」

「よし、ではもしカントンが現れたら写真を撮って送れ」

「作戦上、顔を見せたくないんだが」

「その逆だよ、同志。ぜひ会っておいてくれ」

　サアドは言った。

「会って話をするんだ。そうすれば、何者なのかつかめるかもしれない。もし邪魔者なら、消してしまえばいいだろう」

　サアドのシンプルなロジックに、カマルは賛同した。

「バーゼルやアスペンにも顔を出すようなら、要注意だな」

「アメリカ人が、おまえを知っているとは考えにくい。ニューヨークでの仕事に、抜かりがあったなら別だが」

　カマルにとって、この言葉は侮辱にほかならなかったが、今のところは聞き流すことにした。

「カントンはハモンドと仕事をしたいだけだろう」

「見張っておくよ」

「よろしく」

コーヒーを飲み終えたカマルは、室内からバルコニーへと持ち出してきた革ケースを開いた。ケースの中にはウィルソンのコンバット・ピストルが収納されている。これは、九〇年代にベレッタ92Fに替わるまで米軍制式採用の銃だったコルト1911A1を手本にして製造された銃だ。だが、多種多様なモデルがあり、しかもコルトやベレッタより正確さへの信頼度は高い。

カマルは携帯する銃を、ニューヨークで使ったグロックから、このウィルソン9mmウルトラライト・キャリー・センチネルへ替えることにした。装弾数はマガジン内に八発だが、二十三メートルの射程で誤差は四センチ以下という正確さを誇る。これはカマル自身が実証済みだ。

グロックも悪くはないのだが、今はなにより正確さを重視したい。解体し、部品の一つ一つを無臭オイルで磨き、また組み立てる。マガジン内の銃弾は取り出し、すべてを注意深く磨いた。更に、マガジンを入れる前、チャンバーに弾を一つ装塡する。これで、合計の装弾数は九発となる。

次にサイレンサーの手入れに取りかかろうとした時、突然スーザン・パターソンがバルコニーに現れた。

「キジを撃ちに行くの？」

反射的に構えた銃の銃口を、カマルはスーザンへ向けた。

「ちょっと、私はキジじゃないのよ」

彼女は驚きはしたが、怖がるよりむしろ楽しむような表情を見せている。

「どうやって入ってきた？」

「メイドの一人に、あなたの恋人だと言ったの。でも百ユーロ渡すまで、中に入れてくれなかったけど」

カマルはスーザンの目を見つめ、彼女が嘘を言っていないことを確かめた。もし、彼の見当が外れているとしたら、彼女は嘘の達人だ。

「ねえ、それをどこかよそに向けてくれる？」

カマルは銃を下げ、テーブルに広げているタオルの上に置いた。一方、スーザンは彼に歩み寄り、隣に座った。背中と胸が大きく開いた白いパンツスーツを着ていて、幅広の黒いベルトが、細いウエストを強調している。また、かぶっている黒いヴェルサーチのキャップには、キラキラと輝くメレダイヤが飾られている。自分の魅せ方を知っている、彼女ならではのファッションだ。

「なぜ、来たんだ？」

カマルに訊かれ、彼女は肩をすくめた。

「まず、トムにのぞかれないところで、あなたを誘惑するため。それから、ヨットのランチに連れていくため」

　銃に手を伸ばそうとするスーザンに、カマルは言った。

「おもちゃじゃないんだぞ」

「分かってるわ」

　彼女は手を引いた。

「私がどんな男で、なにをしにここへ来ているか、知ってるだろう？」

「ええ、もちろん。たくさん敵がいるのよね」

　うなずいたスーザンに、カマルは続けた。

「君が想像している以上に、敵が多いんだ」

「昨日の夜は、銃なんか持ってなかったでしょう？」

　カマルは考えた。たった今、ここで彼女を殺すのも一興だ。しかし、手を下すべき時は今ではないし、ここでもない。

「トラブルを警戒してるのね」

　スーザンはカマルの顔をのぞきこんだ。

「それを、トムの耳に入れておくべきかしら。あなたを追って、誰かが船に乗りこもうとしてるって」

「どんな人間が船に乗るか、分からないだろう」

「これだけは断言してもいいわ。億万長者のほとんどは非情だけど、殺人は犯さない。彼らの妻やガールフレンドもね。もしそんなことをしたら、金の卵を産むガチョウを手放すことになるからよ」

「君もボディーガードを連れて旅に出るだろう?」

「大勢が集まるイベントの時だけよ」

「銃は嫌いか?」

「銃だけじゃなくて、暴力は嫌い」

そう言ってスーザンは、目の前に広がるエメラルドグリーンの海を見渡した。

「特に、9・11や先週ニューヨークで起きた事件はね」

「同じようなことが起こると思うか?」

「また、ビルが崩壊するなんてありえない。でも、パリやブリュッセルやオーランドで起きたようなテロは、まだ続くと思う。私の周りの人たちも、みんなそう考えているわ」

カマルはにやりと笑った。

「私もそう思うよ」

「オーケー」

カマルに微笑みかけ、スーザンは言った。

「あなたもボディーガードが必要ね。トラブルを引き寄せる体質のようだから」

「自分の身は自分で守る。全力でね」

スーザンの誘惑は成功し、二人は窓を開け放った寝室の大きなベッドで抱き合った。荒々しかったヨットでの情事と違い、ゆっくりとお互いを味わい尽くすようなセックスだ。これまで支配的で性急だったスーザンだが、今日は完全に受け身だった。一方、リードを譲られたカマルも、彼女に充分に奉仕し優しく応えた。その間ずっと、彼はスーザンを観察した。彼女は狡猾《こうかつ》さのない純粋な目を見開き、小鼻を震わせている。上唇の上のビーズのような汗、胸の間を流れる玉のような大粒の汗。華奢《きゃしゃ》な左肩で躍る、十センチの傷跡。とうとう絶頂を迎えた時、彼女の体の隅々にまで恍惚《こうこつ》の波が広がっていくのが分かった。

その時が来たら、これと同じくらいの快感を得られるという確信がカマルにはあった。いや、それはセックスを超えた至上の喜びを与えてくれるはずだ。彼女の命を奪う自分を想像した瞬間、あまりの幸福感に、彼は危うく笑い声をあげそうになった。

第三十一章

徒歩で港へ到達するルートは、完全に絶たれていた。サーキットとなる道路は、強固なバリケードで守られている。マックとピートはタクシーに乗り、レースに沸き立つ街を移動していった。ピットから聞こえてくるハイピッチなF1エンジンの轟音《ごうおん》が、界隈の音という音をのみこんでしまっている。この時を待ち望んでいた人々にとって、この轟音はまさしく媚薬のようなものだった。

「みんな陶酔している感じね。こういう経験、したことある?」

ピートはマックに訊いた。

「これほどじゃないけど、何回かあるよ。数年前に行ったベルギーのスパと、スイスに住んでいた頃に行ったニュルブルクリンク24時間耐久レースでね。大勢の人と、ものすごい音、たくさんのパーティー。レーサーはその中心にいつもいて、みんな若くて尊大だった」

「賞金も大きいんでしょうね」

「そのとおり。でも昔は、レースは運命論的な要素が大きかった。若者は命がけで賞金を狙い、女たちはそんな彼らに群がる」

「私は、そういうのあまり好みじゃないわ」

ピートは微笑み、話題を変えた。

「ネロは乗船するかしら？」

「ハモンドのではないかもしれないが、ヨットには乗るだろうな」

「チャンのパーティーに招待されたいなら、香港にいるのかも。あるいは、タワーのコンドミニアムを購入したキャラハンの顧客に接触するとか」

これらの可能性は、マックも今までに何度も想定してきた。しかしアトエイスの事件後、キャラハン・ホールディングスCEOのナンシー・ネベルは、過剰とも言えるほど慎重な態度を見せてきた。それに加え、FBIもニューヨークに異例の厳戒態勢を敷いている。

ネベル自身がオットーに語っているように、タワーの購入者たちのうち何人かはキャンセルを望んでいて、会社は例外なく頭金の返金に応じているという。アトエイスの一件は、キャラハン・ホールディングスにとって大打撃となったわけだが、おそらく持ち直すだろうとマックは考えていた。1《ワン》ワールドトレードセンターが、その良い例である。

「ネベルの事前調査では、顧客は依然として高層コンドミニアム購入に前向きらしい」

マックは続けた。

「オットーの話によると、プレイヤーの中でも一番の慎重派はチーアン・チャンだ。彼はセキュリティーに確信が持てなければ、どこへも行こうとしない。だからモナコやアート・フェスティバルにも顔を出さない」

「パーティー嫌いなのね」

ピートの言葉に、マックはうなずいた。

「そうだ。彼にとっては、ビジネスだけが重要なのさ」

「投資目的というより、自分の力を示すために、数億ドルのコンドミニアムを、ニューヨークに購入したんだと思っていたわ」

「彼は不動産を知り尽くしてる。当然、利益を考えてのことだろう」

「ハモンドと付き合うのは、彼をパーティーのパイプ役にしたいからなのね」

「だからこそ、私たちはここにいるんだ」

「ネロに会うことを期待してる？」

「ああ、アルハマディが実際にサウジの総合情報庁の手先で、ネロがオットーの予想どおりGIPと関係しているなら、明日のレースには必ず来る」

その時、タクシーが港の入り口で停まった。降りる準備をしながら、ピートは言った。

「ただ、まだネロの顔を知らないことがネックよね」

料金を支払い車を降りた二人は、すぐに警備員に呼び止められた。マックは提示を求められたパスポートを差し出しつつ、仏頂面の警備員に言った。

「ミスター・ハモンドに招待されてるんだが」

ゲートに二人いる警備員のうちの一人が、〈グローリー号〉の乗船客リストをチェックした。「お通りください」

二人の名前をリストの中に見つけた警備員は、若干態度を軟化させた。

「よかったら乗りませんか？」

急に声をかけられ、二人は振り返った。そこにはゴルフカートの運転席に座りハンドルを握る、二十代前半の若者がいた。レーシングシューズを履き、浅黒く焼けた素肌に、『Team Mercedes』のロゴが入ったTシャツを着ている、大変なハンサムだ。

「ルイ・マルターンです」

超有名人の登場に目の色を変える警備員たちとは視線も合わせず、彼は言った。

「トムの船に乗るなら、僕がお連れしましょう」

彼は今、世界ランク一位のF1レースドライバーだ。その冷静沈着なドライビング・テクニックは、すでに伝説的とも言われている若き天才である。

「あまり飛ばさないでね」

ピートの言葉に、マルターンは快活に笑った。

「飛ばすのは、明日ですよ」

彼はカートの席に着くピートに手を貸しつつ、マックに尋ねた。

「明日は、トムの船から観戦を？」

「ええ、お招きがあれば」

「きっと、招かれると思いますよ」

カートは軽いエンジン音を立てながら、港でもひときわ美しいメガヨットに向かって進んだ。

「エンジンのチューンナップとか、しなくていいんですか?」

尋ねるピートに、マルターンは軽く声をあげて笑った。

「僕はサスペンションのチェックをするだけです。それにトムのヨットで食べるランチは、水っぽいドイツ料理よりずっとうまい」

停泊している〈グローリー号〉の側でカートを止め、マルターンは舷門を足早に上っていった。二人を待たずに歩いていく彼の後ろ姿を見て、ピートは言った。

「彼はネロではないと思う」

「だといいな」

マックの答えに、ピートは首を傾げた。

「それ、どういう意味?」

「撃つには惜しいほどの美男子だからさ」

舷門を上りきったところで、白いショートパンツと青いTシャツを着た若い女性に出迎えられた。

「こちらへどうぞ、サー。ハモンド氏がオフィスでお待ちです」

連れには目もくれない案内係の態度に、ピートは思わず小声で呟いた。

「性差別主義者」

「待っていてくれ」

ピートをデッキに残し、マックは案内係に従いオフィスへと入った。

ハモンドはデスクの端に座り、モニターでランチの準備が整った船尾を見ているところだった。すでに数十人の客が集まっていて、ピートが一人の女性と話している様子も映し出されていた。女性は白いビキニを着ていて、薄いジャケットを肩にかけている。

「彼女はコートニー・リッチだよ」

ハモンドはピートたちが映っているモニターを指差した。

「アイベックス社のCEOで、筆頭株主でもある」

彼はマックに向き直り、コートニーの話を続けた。

「彼女の株式投資の手腕は大したものさ。自分一人の力で、大金を作り出した。なかなか度胸のある女性だ」

「簡単にできることじゃないな」

挨拶抜きで金の話を始めるハモンドに、マックはさほど驚きはしなかった。彼らのような人種にとっては、これも立派な挨拶なのだ。

「だが今は、彼女も優秀な人材を大勢抱えていて、いろいろな意見を取り入れているようだよ」

「頭が良く、魅力的な人だ」

「ミズ・ボーマンもそうでしょう。君の恋人かな？」

「それは、あなたの関するところじゃないでしょう」

はねつけるように言ったマックに、ハモンドも鋭く切り返した。

「そのとおり。ところで、君のブログは偽だろう？」

「そうだ」

「カントンという名前も、偽名か？」

「偽名だ」

あっさりと認め、マックは続けた。

「偽っていることを隠し立てはしない。ある人物を見つけられれば、それでいいんだ。個人的なことでね」

「それはつまり……」

デスクから離れたハモンドは、マックを正面から観察した。

「アリアンが言っていた、昨夜の暴漢と関係しているのかな？　あれは、ただの物盗りだと思っていたが」

「それは違う」

「では、誰かの差し金だったと？」

「その誰かを、捜している」

ハモンドは再びモニターに視線を戻した。

「じゃあ、ビットコインの件も詐欺話なのか？」

「いや、あの話は本当だ。もし興味があるなら、専門家を手配しよう」

ビットコインの話が嘘ではないと聞き、ハモンドは愉快そうに笑った。

「銀行を破綻させたら、財務省がさぞ血相を変えるだろうな。この話、友人のチャンにも聞かせてやりたい。おそらく、タワーのパーティーへの招待状が、君の望みなんじゃないか？」

「そのとおり」

ようやく合点がいったと言いたげに、ハモンドはにやりと笑った。

「交渉は得意か？」

「ああ、だからここにいるんだよ」

「アトエイスの事件を知ってるだろう。心配はしていないのか？」

「いや、あまり心配はしていない。あなたは？」

ゆっくりと腕を組み、ハモンドは言った。

「チャンはセキュリティーに関して神経質だ。警護なしでは、どこへも行かない。もしパーティーが予定どおり開かれるなら……今のところそうなりそうだが……それは、彼が危険がないと判断したということだ。君を招待するよう、彼に話してやる。その代わりビットコインの話をもっと詳しく聞いておきたい」

彼はそう言って、ふっと息を吐いた。

「しかし、今日のところは、私の船を楽しんでくれ。誰にも、なにも売りつけたりするなよ」

「ああ、それは約束する」

返事をしたマックは、豪華なオフィスのドアに手をかけた。

第三十二章

前甲板にあるバーで、マックは瓶入りのハイネケンを飲んだ。目の前にはプールがあり、プールサイドではギタリストがスタンダード・ナンバーを奏でている。水着姿のゲストたちの中にはマルターンもいて、肌を露出させた若い女性たちに囲まれていた。その中の一人は、手すりに寄りかかって談笑する彼の腕に、さりげなく手を置いている。

ビュッフェは船尾からサロンに移動し、椅子やテーブルも用意された。すでに席に着き食事を始めているゲストには、白いショートパンツと青いTシャツを着たウエイトレスがシャンパンを運んでいく。バーに用意されている飲み物は、シャンパンのほかに種々のワインやカクテルなどがあった。

レースドライバーとその取り巻きから目を移していくと、舷門のある甲板中央付近に三十人近いゲストの姿が見えた。何人かの顔はテレビで見た覚えがあったが、彼らは一様に富裕層の生活を楽しんでいる人々だった。また誰もが、自分がこの生活に値する人間であることを自覚しているように見えた。マックは彼らのそんな態度を、責めるつもりは毛頭なかった。しかし、中には鼻持ちならないほど高慢な者がいるのも事実だった。

ビールを飲みながら人間観察をしている彼に、誰かが後ろから声をかけた。

「ピートのお連れの方ね？」

振り向いたマックの前には、アイベックス社ＣＥＯのコートニー・リッチが立っていた。年齢は四十代半ばか五十代前半だろうか、スタイルが良く女優のような容姿である。年齢が出がちな首や手の甲まで完璧な美しさを保っていて、美容のために相当な金額を投じていることは容易に想像できた。

「ジョセフ・カントンです」

マックが握手を求め、彼女もそれに応えた。

「可愛いカノジョね。でもピートは少し緊張しているように見える」

コートニーはそう言って、マックの目をのぞきこんだ。

「カンヌで、ちょっとした事件に遭遇したからですよ。私が物盗りに襲われてしまって」

「傷一つ負わなかったようね」

「ラッキーでしたよ」

「この船にいる人は、誰もあなたを襲ったりしないわ、安心して。トムと内緒の儲け話をしない限りね」

「気をつけます」

その時、船の中央部からカップルが現れた。女性のほうは、名前は思い出せないものの映画女優だろうとマックは思った。しかし彼女の隣にいる男性を見た瞬間、なにかがチクりと神経に刺さるような、不愉快な気持ちになった。あの目は今まで幾度となく目にしてきた、あの目だ。任務を遂行している時、彼自身が鏡の中に見る非情な光が、その男の目にも宿っていた。

カップルはまっすぐに、彼とコートニーの元へとやって来た。

「コートニー、いつモナコへ？」

女性が尋ねた。

「昨日の夜、着いたばかりよ」

コートニーは彼女に軽くハグをしてから、マックを二人に紹介した。

「彼はジョセフ・カントン。トムに、なにかすてきなお話をしにきたの」

「スーザン・パターソンです。お二人に会えて嬉しいわ」

スーザンが挨拶をし、傍のカマルもマックに握手を求めた。

「エンジェル・カスティーリョです。トムは実に興味深い男ですよね？」

「まさに頭脳明晰《めいせき》という印象ですよ――」

マックはそう言いながら、またカマルの冷徹な瞳を一瞥《いちべつ》した。

「――彼のような人物は、いろいろな人を引き寄せるものだ」

「二人とも、ビジネスの話は明日のレースが終わってからにしてね。今日はパーティーを楽しむ日よ」

コートニーに釘《くぎ》を刺され、マックはようやくカマルの握手に応えた。

「そう、せめぎ合いはレースの中だけということで」

「約束よ」

コートニーはカマルとマックの顔を交互に見た。

「了解しました」

マックの答えに納得したように、彼女は深くうなずいた。

「よろしい」

微《かす》かに張り詰めていた空気が緩んだところで、カマルはにこやかに笑った。

「またあとで、ゆっくりお話ししましょう、ミスター・カントン。お会いできてよかったです」

「こちらこそ」

声の届かない場所へと去っていくカップルを見ながら、マックはコートニーに訊いた。

「彼は何者です？」

「よく知らないわ。メキシコシティから来たトムの知り合いで、カンヌにも顔を出したらしいわ。すごい儲け話をトムに持ちかけているという噂。だから、あの強欲な女が、ぴったりくっついて歩いているってわけ」

そう言って、コートニーはマックの肩越しに後ろを見やった。

「ほら、ピートが来たわ。気をつけて、あなたがトムに儲け話を持ちかけていると知ったら、スーザンは今度はあなたを追い回すでしょうから」

「スーザンとトムの関係は？」

「お似合いのカップルよ。似た者同士の腐れ縁ってところかしらね」

コートニーはくすりと笑い声をもらし、別のグループへと向かって歩いていった。

「サメの群れに迷いこんだ気分よ」

戻ってきたピートは、開口一番に言った。彼女はシャンパンの入ったグラスを持ち、あたりを見回した。

「間違いなく、全員がプレイヤーだわ。しかも、みんな自分がボスだと思ってる」

「コートニーのことはどう思う？」

「少なくとも彼女は、この中で商売をする気がない唯一の人間だと思うわ」

「同感だよ。ここへは楽しむために来ているようだ。あの映画女優と色男はどう思った？」

「ああ、オットーが言っていたあのメキシコの株ブローカーね。エンジェル・カスティーリョはカンヌにも来ていたそうよ」

ファンに囲まれているマルターンに向かって、二人は歩き始めた。

「なに考えてるの？　また、その顔をしてる」

「あの男は殺し屋だ」

マックの言葉に、ピートは一瞬足を止めた。

「どうして、そう思うの？」

「あの目だよ」

「ええ、分かるわ。常に千メートル先を見ているような目ね」

「ああ、しかも抜け目がない。笑っていても、銃を構えて次の標的を選んでいるような顔をしてる」

するとまるで話を聞いていたかのように、遠くにいるカマルが二人のほうを振り返り、微笑んだ。

「ハモンドは利口な男よ」

ピートは言った。

「彼の素性も充分調べているはずだわ」

「そうだな」

うなずきはしたが、また考えに沈むマックに、ピートは尋ねた。

「これからどうするの、マック？」

返事をする代わりに、マックはポケットから携帯電話を取り出し、オットーの番号を押した。「オットー、ハモンドの船にいる。たった今、カスティーリョに会ったところだ。やっぱり、やつをマークしたい」

簡潔なマックの報告で、オットーはすべてを了解したようだった。

「彼がそうなのか？」

「まだ断言はできない。だが、メキシコの株ブローカーが、イギリス訛《なま》りで話すのはおかしいと思わないか？」

「そこから彼が見えるか？」

「ここから十二メートル先にいる」

「ピートは君の傍に？」

「隣にいる」

「彼女を撮っているふりをして、カスティーリョを撮ってくれ」

言われたとおり、マックはカマルの写真を数枚撮り、オットーに送信した。

「受け取ったぞ」

ほぼ同時に、オットーの声が聞こえてきた。

「三枚のうち一枚は、かなりはっきり写ってる」

「なにか分かり次第、すぐに知らせてくれ」

「確実性は？」

オットーに訊かれ、マックは即座に答えた。

「勘で言うと、十パーセントってところだ」

「それだけ聞けば、充分だ」

オットーとの通話を終え、マックは携帯電話をポケットに戻した。

「オットーが、送った写真を調べてくれてる」

マックの目が光るのを見て、ピートは訊いた。

「次は？」

「やつを刺激して、反応を見るとしよう」

第三十三章

カマルとスーザンは船尾のテーブル席で、コートニー・リッチやルイ・マルターンと一緒に食事をしていた。マックとピートも料理を盛った皿を手にして、和やかな会話に加わった。

「ご一緒していいかな？」

声をかけたマックに、コートニーが快く返事をした。

「もちろんよ」

ウエイトレスがトレーに載せて運んできたシャンパンに、マルターンが手を伸ばした。

「レース前にレーサーがシャンパンを飲んでいるところを見たら、チーム・マネージャーはカンカンでしょう？」

コートニーに尋ねられ、マルターンはきりりとした口元に笑みを浮かべた。

「僕がなぜ、トムの船でランチを食べると思います？　こうしてみなさんと、うまいシャンパンを飲めるからだ。もちろんこれがバレたら、マネージャーはカンカンに怒るどころではないけどね」

「F1レーサーの飲酒運転の罰金って、いくらなの？」

おどけた表情で訊くピートに、マルターンはグラスを掲げて見せた。

「命で払う」

そう言って彼は、シャンパンを飲み干した。

ニューヨークでの事件があって以来、彼らは自然と〝死〟を連想させる言葉を口にしなくなっている。事もなげに発せられたマルターンの一言が、テーブルの空気を重く一変させた。

「マルターンがナンバーワンなのは、酒の力を借りたりしないからだ。そうでしょう?」

カマルが一同の沈黙を破った。

「レースのことじゃないの……」

ぽつりと言ったコートニーに、スーザンが尋ねた。

「なに?」

「つい、アトエイスのことを思い出しちゃった」

シンパシーの波が、彼らの間に広がっていった。プールサイドから聞こえてきた女性のヒステリックな笑い声をきっかけに、マックが遠慮がちに口を開いた。

「崩壊したビルに、みなさんの知り合いも大勢いたんでしょう?」

「ほとんど全員が知り合いだったわ」

コートニーは答え、テーブルに視線を落とした。

「あの日、私も行く予定だったのよ。ロサンゼルスの仕事が長引いて、行けなくなったの」

そう言って、スーザンも遠い視線を港へと向けた。

コートニーが伸ばした手が、スーザンの手の上にそっと重ねられた。

「あの事故の原因が、まだはっきりと発表されていないなんて、最悪よね」

「きっと事故ではないと思うわ」

ピートの意見に、カマルが眉根を寄せた。

「エンジニアたちは下階の爆発が原因だと言っているようだが」

「いずれにせよ、テロリストの仕業なのは間違いないわ」

苦々しげな表情のコートニーに、カマルが肩をすくめて見せた。

「ISISが犯行声明を出したが、やつらがビン・ラディンが率いていたアルカイダのように洗練されているとは思えないな」

「じゃあ、ISISじゃないと言うの？」

「いや、逆に、やつらではないと断言できる材料もないでしょう。例えば、あのビルに忍びこんで下階に起爆装置を仕掛けることもできたんじゃないか？」

「監視カメラが、そいつらの姿を捉えていたのかしら？」コートニーが首を傾げた。

「そんなことも、まったく耳にしないわよね」

「捜査官たちは、まだカメラを回収できていないのでは？」カマルの反応をうかがいつつ、マックが言った。「捜査の詳細は、絶対に伏せるというのが彼らのやり方だから」

「容疑者の顔写真がテレビや新聞に流出してる可能性は？」

スーザンの疑問に、カマルが続いた。

「あるいは、インターネットに流れているんじゃないか？　君のブログの読者から、なにか情報はないのか、ミスター・カントン？」

カマルに尋ねられ、マックは笑みを浮かべた。

「セニョール・カスティーリョ、それはもう山ほどあるよ。でも、確かなものは一つもない」

「また起こると思う？」

不安げなスーザンに、マックは言った。

「そういう噂も確かにあるが、推測の域を出てはいない」

「私はチャンのパーティーに招かれているから心配だわ」

「私もよ」

コートニーはスーザンと目を見合わせた。

「この船に乗っているほとんどのゲストが、招かれていると思うけど」

再び重い雰囲気が、彼らを包みこんだ。

「警戒は更に厳重になっているようだよ」

カマルの言葉を受けて、コートニーはうなずいた。

「そうね。でも、マンハッタンの超高層ビルのすべてを警備することはできないでしょう」そして、吐き捨てるように言った。「あの異常者の集団、私たちを狙っているみたい」

「なぜ、そう思うの？」

怒りと不安で顔を曇らせているコートニーに、ピートが訊いた。

「人はみんな富裕層を憎んでる。私たちは一人残らず、詐欺師か泥棒だと思ってるのよ。貧しい人たちから金をむしり取って、毎日ヨットの上でクリュッグをがぶ飲みしてる、ろくでなしだとね」

「仕方ないだろう」

シャンパンのボトルを手にしたトム・ハモンドが、テーブルに加わった。

「貧困層は老後も、確定拠出年金《401k》を当てにするしか道はないんだ。地方自治体も州も、今は財政難だしね」

「私が言いたいのはね、私たちは西洋の強欲な資本主義者として見られている。そのせいで、狙われているかもしれないということなの」

コートニーはトムを見やり、首を振った。

「私もそれに含まれるのか？」

「私たちみんながそうよ、トム。そしてその富の象徴が、ニューヨークのペンシル・タワーというわけ」

ハモンドは軽やかに声をあげて笑った。

「例えば、このヨットもその象徴だ。プライベート・ジェットも、五十二部屋の寝室がある豪邸も、サーキット巡りも。だから私たちは、こうして似た者同士で集まるしかないんだ。なあ、コートニー……」

彼は小さくため息をつき、続けた。

「頼むから、ゲイツになりたいなんて言い出すなよ。彼は貧困層救済や慈善活動のために大枚を投じている。そのせいで、本業が手につかないほど忙しいんだぞ」

「それでも彼は毎年、膨大な利益を得ているのよ」

「そんなに金を持っていることを恥じているなら、なぜ財産すべてを寄付して、月給取りにならない？」

ハモンドの切り返しに、一同からはいっせいに笑いが沸き起こった。だがこの笑いが、彼らの顔から暗い影を消し去った。

コートニー本人も呆《あき》れ顔で、ハモンドのセリフを払いのけるように手を振ってみせた。

「セニョール・カスティーリョ、ミスター・カントンとは話ができたかな？」

ハモンドはカマルとマックに話しかけた。

「いえ、あまり。でも、彼のブログは興味深い」カマルがブログについての感想を口にした。「地政学とは、なかなかダイナミックでおもしろいものだ」

　それとなくビジネスの話題へと水を向けるカマルに、マックも応えた。

「セニョール・カスティーリョのお噂はかねがね。実は、私たちのビジネスに参加してもらえそうな候補者の中にも、名前が挙がっていたんだ」

「インターネットが、そんなに有望とは知らなかったな」

「週に百万USドル以上の利益を上げているブログ読者もいる。これを見過ごす手はない。ボルサもなかなか頑張ってはいるようだが」

　マックはそう言ってカマルの表情を読もうと試みた。しかし、それは失敗に終わった。表面的には驚きの表情を浮かべてはいるものの、それが本心かどうか、うかがい知ることはできなかった。

「私も参加させてもらおうかと考えていたんだ。レースが終わったあとか、バーゼルででも話をしよう」

「ああ、ぜひ。一対一で会いたいな、いいかな?」

「もちろん」

　カマルの返事を聞き、更にマックは尋ねた。

「チャンのパーティーには行くかい?」

「それが、まだはっきりとは……」

言葉を濁すカマルに、ハモンドは言った。

「ニューヨークには私のゲストとして招待するよ。ジョセフやミズ・ボーマンも一緒にね」

「それじゃあ、ぜひ行かせてもらおう」

カマルに続き、マックもにこやかに返事をした。

「私たちも、喜んで」

カスティーリョと会い、チャンのパーティーへの切符も手に入れた。今日の成果にほっと息をつく間もなく、マックは椅子から立ち上がった。

「ちょっと失礼」

言葉を残し、ピートには残るよう目顔で合図を送った。

一人テーブルから離れたマックは、オットーからの新たな情報を期待していた。カスティーリョが素性を偽っているという仮説は、ますます真実味を帯びてきた。あの男は間違いなく嘘つきであり、エゴイストだ。それは、あの周囲を見下すような目つきからも一目瞭然だった。

サロンでハイネケンの瓶を手に取ったマックは船首へ向かい、美しい港や街並みを見渡した。妻のケイティーが生きていた頃、このモナコに家を買おうと真剣に考えたことがあった。だが、ケイティーが不動産会社から取り寄せた契約書類一式を読んだマックは、二の足を踏まざるを得なかった。そこには、最低の開始残高として当座預金口座に五百万

USドルが必要であり、しかも最も狭いコンドミニアムの価格帯でさえ数百万ドルが必要だと記されていたのだ。もともとモナコにはバケーション用の分譲コンドミニアムは少なく、あったとしても家具付きではなく、キッチンの電化製品も、カーペットも、カーテンも、照明設備も、揃ってはいない。むき出しのままのソケットと窓とバルコニーしかない、言うなればただの箱に、それだけの金額を払うのは、かなり勇気がいることだった。

いずれにせよ、マックがモナコに家を持つことは不可能だった。フランスの情報部が彼を嫌っており、モナコの治安当局も銃を持ち歩くアメリカ人の受け入れにいい顔をしないからだ。ケイティーはさほど落胆はしなかったものの、夫の仕事が私生活の足かせとなることに、いらだちを感じていた。

「あなたは、国という監獄の中に閉じこめられて生きていくのね」

彼女は言った。

「そんなことはない。ただフランスが私を受け入れないのに、モナコに住むのはいいアイデアとは言えないよ、ケイティー」

思い出に浸っているマックの後ろから、ハモンドが声をかけた。

「どうした？」

「カスティーリョという男は、なかなか興味深い」

マックは船尾に顎を向け、みんなが集まっているテーブルを指した。

「ビジネスの相手としては?」

「さあ、それは分からないが。あなたの判断次第ですよ」

ハモンドは少し間を置いてから、再び訊いた。

「彼が捜していた人物なのか?」

「それも、まだ分からない」

マックは答え、冷たいビールを口に含んだ。

第三十四章

ゆっくりとデッキにやって来た船室係の男性が、ハモンドの三メートル後ろでぴたりと足を止めた。

「ちょっと失礼」

ハモンドはマックに告げ、礼儀をわきまえた使用人の元へと、歩み寄っていった。船室係は小声で何事かハモンドに伝えているが、その内容はマックの場所から聞き取ることはできなかった。船室係が去り、ハモンドが戻ってきた。

「私は仕事で外させてもらうが、ゆっくりしていってくれ」

続けて、立ち去る前に念を押した。

「では、明日のレース観戦で」

「ええ、できれば」

「よかった」

ハモンドはマックから離れ、サロンの中へと入っていった。

一方マックは、サロン奥にある階段へと消えていくハモンドの後ろ姿を見送った。幅広の手すりにビール瓶を置き、マックもハモンドを追うべく船首を離れた。船室係の話を聞くハモンドの表情が微かに変わったことが、どうしても気になる。サロンを横切り、階段を下りようとした時、ちょうど若い女性の船室係が上がってくるところだった。

「なにかご用でしょうか、サー？」

彼女に尋ねられ、マックは言った。

「話があるとトムに呼ばれたんだが、オフィスの場所がわからなくてね」

「ご案内します」

「いや、いいんだ。この下にあることは分かっているから。どの部屋か教えてくれるだけでいい」

馴染みのない顔を少しの間見つめ、彼女は階段の下を指差した。

「二フロア下階の右舷、最初のドアがそうです」

「ありがとう」

礼を言ったマックは、彼女の横を通り階段を下りていった。

たくさんの絵が飾られた通廊の壁は、艶《つや》やかなオーク材のパネル張りになっていて、床には分厚く毛足の長いカーペットが敷き詰められていた。最初のドアの前で立ち止まった瞬間、仕切り壁の向こうから大柄な男が現れた。船室係ではなく、おそらくボディーガードだろうとマックは推測した。

「なにかご用で、サー？」

尋ねられたマックが「いいや」と言って首を振ると、男はドアをノックをして部屋の中に入っていった。

開いたドアの向こうには、デスクの端に腰を下ろしているハモンドの姿が見えた。デスク横の革張りの椅子には、アルハマディが座っている。

廊下にいるマックを垣間見たハモンドは、ほんの一瞬いらだちの表情を浮かべた。

「問題はありませんか、サー?」

様子を見に来たボディーガードに尋ねられ、ハモンドは答えた。

「ありがとう、カール。そこにいるミスター・カントンをお通しして」

ボディーガードと入れ替わりに部屋へ入り、マックはドアを閉めた。

「押しかけて来て申し訳ない。しかしアリアンが船に乗るのが見えたもので、カスティーリョの話をしてるんじゃないかと、つい邪推したんですよ」

とっさに言い繕ったが、アルハマディが船に乗っているのは、ある程度予想していたことだ。ところがアルハマディのほうは、まるでヘッドライトの光に驚くシカのような目でマックを見ていた。ポーカーフェイスのハモンドとは対照的な表情である。

「ヨットとはいえ、屋敷と同じレベルでプライベートを守るのは難しいんだよ、ジョセフ。だからこそ、ここではプライバシーを一番大切にしているんだ」

ハモンドの言葉に、マックは再び詫《わ》びを口にした。

「分かりますよ、本当に申し訳ない。私と、ミズ・ボーマンはこれで帰らせてもらいます」

　向き直ってドアに手をかける直前、今度はハモンドが話しかけた。

「君の言うとおり、カスティーリョの話をしていたところだ。君たちは二人とも、私に耳寄りな情報を持って来てくれたからね」

　オットーによると、ハモンドが行っているすべての取引は完全に合法的だと言う。当然、彼はどの国のどの政府機関からも逃げ隠れする必要はなかった。

「私もカスティーリョも、アリアンの紹介だったわけだ」

「そうだ」

「カスティーリョは、どうやって近づいてきた?」

　答える前に、心配げに顔をのぞきこむアルハマディに、ハモンドはただうなずいてみせた。

「あんたと同じだよ。おそらく、フランスか、ベガスか、あるいは南アのカジノでトムの噂を聞きつけ、近づいて来たんだろう」

　アルハマディはそう言い、またハモンドの顔色をうかがった。

「どんなビジネスを持ちかけた?」

「それは言えないな」

　プール・デッキ用のモニターには、カマルとピートが会話している様子が映し出されていた。二人の側にいるスーザンは、明らかに不愉快そうな表情をしており、逆にコートニーはそんな彼女を見て楽しんでいるようだ。

「ジョセフ、私は君のことを調べる時間がなくてね。ブロガーでもなく、刑事でもないとしたら、やはりアメリカ財務省の捜査官か？」

「私は一般市民ですよ。これだけは約束できるが、ワシントンのいかなる政府機関にも雇われてはいない」

ハモンドの問いかけに、マックははっきりと答えた。

「では、元刑事か？」

「昔、空軍の特別調査部で働いていたことがある」

「ああ、それはアリアンから聞いた。では、今はどうだ。誰かに雇われているのか？」

「誰にも雇われてはいない」

「ではビジネスの話は、本当なんだな？」

「もちろん。いつでも始められるよ」

マックは間髪を容れず、付け足した。

「ところで、カスティーリョというのは、彼の本当の名前ではないようだが」

「そんなこと、あんたに関係ないことだ！」

かなりナーバスな口調で、アルハマディが口を挟んだ。

「カスティーリョは無名の株ブローカーで、メキシコシティのボルサに認可を受けている」

マックはアルハマディではなく、ハモンドに向かって続けた。

「もしそれが彼の正体だとすれば、あなたに儲け話を持ちこめるような大物でないことは確かだぞ」

「アリアンの言うとおり、それは君に関係ないことだろう」

「違う。もしなにかあった時、私の名が挙がるようなことがあれば、大迷惑だからね」

「そんな心配はいらない。私のビジネスが、法に触れるようなことは決してない」

「チャンのパーティーに出席したいのは、彼とビジネスをしたいと考えているからだ」

マックは挑戦的な眼差しで、ハモンドのポーカーフェイスを見つめた。

「君とミズ・ボーマンは、私の連れとしてパーティーに出席するんだろう?」

マックはドアノブに手をかけ、振り返った。

「明日のレース観戦には、行けるかどうか分からない。だがバーゼルのグランド・ホテルで会える。また、その時に話をしよう」

ドアを開けたマックに、ハモンドは言った。

「ああ、グランド・ホテル・レ・トロワ・ロアだな。一年前から予約を入れないと、泊まるのは難しいはずだ。部屋が取れるといいな。幸運を祈るよ」

サロンのガラスドアを開け、デッキへ戻ってきたマックは、話しかけようとしたピートを目顔で制した。

「パーティーは終わりだ。帰ろう」

ほとんどのゲストたちは、まだ船に残っているようだ。マックは、もの問いたげなピートと一緒に、舷門を下っていった。

下船した二人は、ほかの船のゲストが運転するゴルフカートに相乗りし、ドックの入り口でタクシーを拾った。そして、エルミタージュへ戻る間も、一言も言葉を交わすことはなかった。

＊　＊　＊

ホテルの部屋に入ると同時に、マックは固定電話を調べ始めた。もし盗聴されているのなら、それはこの作戦にとって致命的なダメージとなる。マックの行動を見て真意を悟ったピートも、寝室の鏡、絵、電話、そしてベッドのヘッドボードなどを調べていった。

一通りチェックが終わったところで、マックはようやく口を開いた。

「彼らの話題は、パーティーか金儲けのことばかりだったな」

普段と変わらない様子を装い、彼は更に照明や壁を入念に調べていった。

「なにか、おもしろい発見はあった?」

ピートに訊かれ、マックは手を止めた。もしなんらかの器具を発見したなら、それは彼らを邪魔をしようとする人物が、ここモナコにもいるということだ。今のところ、それらしいものは見つからないが、カスティーリョに接触した以上、これからは最大限の注意が必要だった。マックは念のため、ピートを連れて部屋を出た。そしてエレベーターで下階へ降りる途中、オットーに電話をかけた。

盗聴の恐れがあることを報告したマックに、オットーは言った。

「ピートを部屋に戻して、彼女の携帯電話を置いてきてくれないか。盗聴されていないかどうか確かめるから」

マックはロビーへ向かい、ピートは指示に従い部屋へと戻っていった。

「カスティーリョはなりすましの可能性がある」

オットーはマックに報告した。

「その名前は確かにボルサに登録されていた。だが、もう一年も前からなんの取引もしていないんだ」

「だからといって、ネロだという証拠もないよな」

「そのとおりだ。なにか隠していることは間違いないが」

「ハモンドとアルハマディは、やっと組むつもりでいる」

「私の優秀なダーリンが、写真を顔認証システムにかけているところだから、もう少し待ってくれ。ハモンドがそんなに怪しい男と組む危険を冒すなら、相当な金が動くことになるんだろうな」

第三十五章

「ピートって、魅力的な女性だと思わない？」

「ああ、悪くないね」

スーザンの言葉に、カマルは反射的に返事をした。彼は今、身分を偽って接触してきたカントンのことを考えていた。正体がなんであれ、ジョセフ・カントンと名乗る男が、アルハマディに話した内容のほとんどは作り話に違いない。

「それに、彼女はミスター・カントンを、とても愛しているわね」

テーブルを挟み、スーザンの向かい側に座っているコートニーが微笑んだ。

「フェミニストの幻想だ」

突然、女同士の会話を遮るように、マルターンが立ち上がった。

「純粋な愛なんて存在しないよ」

「母親の子供に対する愛は？」

「それこそ、本物の幻想さ」

いらだちを隠すことなく言い残し、Ｆ１ドライバーは立ち去った。

「レース前で、神経が高ぶっているのよ。あんな彼を、今まで何度も見たことがあるわ」

コートニーは、神経質になっているマルターンに理解的な態度を示した。

「ここにいてくれ。すぐに戻る」

カマルはスーザンに言い、サロンに向かった。二フロア下階のオフィスへと続く階段を下り、最初の部屋をノックすると、ドアは即座に開けられた。

「来ると思っていたよ」

ハモンドは彼を中へと招き入れ、アルハマディはカウチに座ったまま、目で挨拶をした。モニターの画面にはプール・デッキが映っていて、今までカマルがいたテーブルの様子を詳細に観察することができる。

「カントンとガールフレンドは怪しい」開口一番に、カマルは言った。「刑事かもしれないな」

「それはあり得る」

そう答えつつも、ハモンドにはあまり気にしている様子はなかった。

「彼は君がなぜ、そしてどうやってアルハマディに近づいたのか、知りたがっていたよ」

カマルは一番近い椅子に座り、気持ちを落ち着けようとするかのように、ゆっくりと脚を組んだ。パブロ・バルデスが行方不明になったあと、いつかはカントンのような邪魔者が現れるだろうと覚悟はしていた。麻薬取締局《DEA》、ＦＢＩ、あるいは財務省が、捜査に乗り出すはずだからだ。しかし、こんなに早く接触があるのは予想外のことだった。

「私の素性を話したのか？」

「まさか」ハモンドは目を丸めて見せた。「逆に身分を保証したくらいだ」

「それはありがたいが、私たちのビジネスの支障になるんじゃないか？」

「ならないさ。あの男は、メキシコのマネーロンダラーを捜しているわけじゃない」

「じゃあ、なにが狙いだ？」

ハモンドは、さも愉快そうに声をあげて笑った。

「怪しい男と組んで仕事をするのを嫌がっているだけさ」

「彼のビットコインの話も、かなり眉唾ものだぞ」

鼻を鳴らすカマルに、アルハマディが言った。

「だが合法的ではあるようだ」

「どうかな、あいつはあんたを利用したのかもしれない」

「なぜ？」

アルハマディの代わりに、ハモンドが尋ねた。

「財務省の捜査官なら、それもあり得るだろう」

「だが調査をした結果、あの男は政府機関とはまったく関わりがなかったぞ」

ハモンドの言葉に、カマルは再び鼻を鳴らした。

「あの二人は、ブロガーでもない」

「そうだ。しかしビットコインの儲け話は本当のようだ。これも身内の者に調べさせた。あの二人は、明日レース観戦に顔を出すだろう。君も来るんだろう?」

ハモンドは、カマルの顔をのぞきこんだ。

「ああ、絶対に行く」

カマルは立ち上がり、ドアに向かって歩き始めた。

「また、カントンが近づいてきたら、すぐに知らせてくれよ」

「ああ、そうするよ。あの男は自分の嘘を隠そうともしない。ビットコインは、我々に近づく口実だったんだろうな」

「私も気をつけるよ」アルハマディはうなずいた。「あいつは危険な男だ」

「カンヌでの暴漢二人組について、なにか分かったか? それが分かれば、カントンの正体も突き止められるだろう」

カマルの言葉に、ハモンドは首を振った。

「それが、まだなにもつかめずにいるんだよ」

スーザンはサロンで、じりじりしながらカマルを待っていた。

「なんの話をしてたの?」

「仕事の話だよ」

「じゃあ、私抜きで話すのはフェアじゃないわね」

「今は、そうするべき時じゃないんだ。少なくとも、トムはそう言っていたよ」

「なぜ?」

サロンには大勢のゲストがいたが、二人の会話に聞き耳を立てていそうな者は一人もいなかった。しかしなぜかカマルは、誰かに顕微鏡で観察されているような、居心地の悪さを感じていた。もし、ここでの会話が盗聴されていたりしたら、かなりまずいことになるのは確かだ。

「あとで話す」

彼はスーザンの手を取り、舷門へと歩き始めた。

「ホテルに戻ったら、あなたにプレゼントがあるのよ」

思わせぶりに微笑むスーザンの頬に、カマルは優しく触れた。自分たちは、完璧に恋人同士として見られているはずだ、と彼は思った。プレイヤーの一員として、またその取り巻きとして見られることが、今はなにより大切なのだ。

「君は立派なビジネスのパートナーだよ。体でその権利を買う必要はない」

カマルの言葉に、スーザンは微かに傷ついた表情を見せた。

「私は、体でなにかを手に入れたことはないわ」

しかしカマルは、これが嘘だということを知っていた。才能のない彼女が映画女優になれた理由は、美しい容姿だけではなかったはずだ。

「ごめんよ」カマルは真摯《しんし》な口調で謝罪した。これもすべて、彼女を殺すための前戯だと思うと自然と胸が高鳴った。

「いいわ、許してあげる。だから、役に立つかもしれないものを、あげるわね」

「ヒントは？」

「それは、あとのお楽しみ。あなたも〝あとで〟って言ったでしょう。なんでも、対等でなくちゃ。それがビジネスというものだもの」

ホテルに戻ったカマルとスーザンは、エレベーターでスイートルームのある上階へと上がっていった。

「イギリス訛りのヒスパニックの男性と出会ったのは、これが初めてだわ」

彼女はじっとカマルを見つめた。

「父にイギリスの学校へ行かされたからな」

「なぜ《ポルケ》？」

「さあね。イギリスでの最初の年に、父は首を吊って死んだから」

「原因をお母様に訊いた？」

「母親はいない。家政婦たちも、自殺の理由は分からなかった。とりあえず、学校を卒業するための学費は残してくれていたから、よかったよ」

「寂しかったでしょう?」

スーザンに尋ねられ、カマルは声をあげて笑った。

「まさか。死んだと聞かされた時は嬉しかった。実は、ハモンドを見ていると、父を思い出すんだ」

「どうして?」

「彼はアトエイスでたくさんの友人を失ったはずだ。なのに、一つも悲しんでいるようには見えないだろう」

「トムに友達はいないわ。仕事かセックスの相手がいるだけ。もしくは、その両方の相手が」

部屋に入ったカマルは、まず携帯電話を取り出し〈77777＊〉という起動コードを入れ、盗聴発見機能を作動させた。ゆっくりと部屋を通り抜けてバルコニーにまで出て、アラームが鳴らないことを確認し、彼はまたスーザンの元へと戻ってきた。

ルームサービスが用意していたシャンパンを、アイスバケットから取り出している彼女にカマルは言った。

「ちょっとメールをチェックしてきた」

カマルの言葉を疑うことなく、彼女はグラスにシャンパンを注いだ。

「トムになにを話したの？」

「カントンは刑事じゃないかと言ったんだ。じゃなければ、ＤＥＡかＦＢＩの類だとね。だがトムはそうは思っていないようだった」

「あなた、刑事に追われてるの？」

「カントンにいろいろ訊かれたが、トムは私を庇《かば》ったらしい」

「大事な金づるを手放したくないからよ。トムが考えるのは、まず金のことだもの」

「君も金儲けために、トムと寝ているんだろう？」

「ええ、確かにそうね。でも、退屈しのぎの部分が大きかった。でもそれも、もう過去のことだわ。あなたと会う前の」

「私ともビジネスが目的だろう」

「ええ、もちろん」

そう言って、彼女は自分の携帯電話を取り出した。

「ところで、あなたの番号を教えてくれない？」

三つ持っている番号のうち一つを、カマルはスーザンに伝えた。

彼女はさっそくカマルの番号を入れ、テキストメッセージを送った。

『役に立つかも』

テキストに添付されていた二枚の写真のうち、一枚にはカントンの顔がかなりはっきりと写っていて、もう一枚にはハモンドとカントンのツーショットが写っていた。

「気づかれないように撮った写真よ」

スーザンは片眉を上げて、微笑んだ。

第三十六章

幸運なことに、マックとピートは、レース・コースが見えるオープンカフェに席を見つけた。テーブルの正面にはちょうどトンネルの入り口付近が見え、また反対側には明媚な港が広がっている。しかしマックの思考は今、完全に仕事モードに入っていた。自分たちが誰かに見張られていることを確信しながら、その誰かが何者なのか分からずにいる。彼は注文したコーヒーを待ちながら、テーブルに置いた手をじっと見つめていた。

「なにを考えてるの？」

ピートに訊かれ、彼はハッとして顔を上げた。

「私たちはスパイされている」

そう言って彼は、遠くに見えるヨットから、歩道を歩く人々、南に面したコンドミニアム群のバルコニーへと視線を移していった。あのバルコニーはすべて、明日のレース時には見物人で埋め尽くされることだろう。

こうして見渡している風景のどこにも、不自然な点は見当たらなかった。三脚の上のカメラ、集音のためのパラボラ、双眼鏡やスポッティング・スコープの反射光、屋上の上で光る無数のレンズ、頭上で旋回するヘリ、非常階段に席を取る人々の姿。

周囲を注視してみても、銃のホルスターを隠すため特注したジャケットを着ている人など、一人もいない。それでもマックは、自分たちを取り囲んでいるあらゆるものに注意を払った。

「カスティーリョがネロである可能性は？」

ピートに問いかけられ、彼は彼女に向き直った。

「まだ、分からない。しかしチャンのパーティーへ行くために、ネロは間違いなくここに来ている」

「だから私たちも、モナコにいるのよ」

「そうだ。だが、ハモンドを頼るとは限らないし、単独で行動をしているとも言い切れない」

「スーザン・パターソンが相棒なのかしら？」

「彼女は協力者かもしれないが、ネロの後ろにはもっと大きな組織がついているような気がする。アルハマディを利用して、彼をプレイヤーたちに近づけることができた組織が」

「プレイヤーたちの目を自分に引きつけるため、興味を掻《か》き立てるようなおもしろい人物になりきっているんだわ。ハモンドのような大物が本命なんでしょうけど」

「しかし、それにしてはカスティーリョは小物すぎる。彼のオファーがなんなのかも、はっきりしない」

「そもそも、なぜハモンドは彼に会ったのかしら？　なんだかしっくりこないわよね。ハモンドは彼を自分のヨットに乗せ、スーザンも彼にまとわりついてる」

コーヒーを運んで来たウエイターが、マックのソーサーの下に伝票を挟み、下がっていった。その直後、オットーから電話が入った。

「やはり、部屋に盗聴器があったぞ」

オットーの声は、興奮で上擦っていた。

「テレビのあたりだ。ＡＶ機器に巧妙に隠してある」

「ネロの仕業だと思うか？」

「そうかもしれない。だが私は、ＤＧＳＩだと踏んでる」

フランスの国内治安総局なら、部屋に忍びこみ、巧妙に盗聴器を仕掛けることなど朝飯前だろう。

「パリに足を踏み入れた私たちに、プレッシャーをかけるためか？」

マックは焦りを禁じ得なかった。当局はすでに、ジョセフ・カントンとトニ・ボーマンという彼らの偽名を知っているはずだ。その上、盗聴までする必要が、果たしてあるのだろうか。

「いや、カンヌで男の遺体が発見されたせいだろう。メインフレームにも、あの事件のことは一切上がってこないがね」

オットーの言うとおり、カンヌでの一件は、一般のニュースにもなっていない。

「彼らは私だけでなく君のこともよく知っている。ネット上で、なんらかの情報操作をしているのかもしれないな」

唇を噛《か》むマックに、オットーは続けた。

「それから、もう一つ重要な報告だ。カスティーリョの写真だが、とうとう人物の特定はできなかったよ。あらゆるデータベースを、くまなく調べたんだ。運転免許書、パスポート、在校記録。誰でもどれか一つには、必ず顔写真が残っているものなんだけどな」

「彼はイギリス訛りの英語を話すんだ。子供の頃イギリスで育ったんじゃないか」

「でも、アクセントは真似ることもできるからな」

「真似るんだとしたら、メキシコのアクセントにするだろう。ハモンドも、そのことに気づいているはずだ。それなのに、カスティーリョを側に引き止めておくのは、よっぽどの理由があるからだ」

「そう、ハモンドが抱える情報収集チームは優秀だ」

オットーは言った。

「確かに、腑《ふ》に落ちないな」

「部屋の盗聴については、どうすればいい？」

「そのままでもいいだろう。ただし、それを念頭に入れて行動してくれよ。おそらく彼らは君たちがハモンドのヨットに乗ったことも知っている。ということは、その理由も知りたがっているに違いない」

「DGSIが、我々の上層部に接触することは？」

「例えば、ウォルト・ペイジにか？　目を光らせておこう」

「だが、ウォルトからいつ連絡があっても、私は驚かないよ」

「なにを話すつもりだ？」

「フランスの情報機関を、少なくとも月曜日まで、私から遠ざけてくれるように頼む」

「オーケー」

電話の向こうから、いつものように頼もしい友人の返事が聞こえてきた。

「ハモンドがカスティーリョのことをどこまで知っているのか、調べてみるよ」


コーヒーを飲み終えたマックとピートの二人は、地中海が見える歩道をホテルまで戻り始めた。こうしてモナコを歩いていると、また亡き妻との思い出が蘇《よみがえ》ってくる。マックはケイティーと船に乗り、メキシコ湾からバハマ諸島へ旅した時のことを思い出した。

しかしあれから時は流れ、今はピートという愛する女性が傍にいる。人生の移り変わりを顧みながら、マックは改めてピートの身を自分の手で守ることを心に誓った。

オットーが突き止めた情報も、まだ不明な情報も、すべてをピートには伝えなくてはならない。実際、ハモンドに近づいている人物がカスティーリョ本人なのかどうかも、オットーは確認を急いでくれているところだった。

「カスティーリョは、どのくらいの規模のビジネスをハモンドに持ちかけているのかしら。一億ドルくらい？」

ピートに尋ねられ、マックは首を振った。

「もっとだ」

「だとしたら、おそらくはメキシコ出身で、大きな金を動かせそうな人物にターゲットを絞れば、手がかりが見つかるんじゃない？」

ピートの言葉を聞き、マックはすぐにオットーに電話をかけた。

「メキシコ麻薬カルテルの資金洗浄についても、調べてみてくれ」

「了解。すぐ折り返す」

一瞬で通話を終えたマックに、ピートは言った。

「決定的な突破口が、なかなか見つからないわね」

「まだバーゼルがある」

「でも、ネロがすでにチャンのパーティーに招待されていたとしたら？　もうどこかへ姿をくらましている可能性もあるでしょう」

「国土安全保障省やＦＢＩやＮＹＰＤを呼び寄せて、協力を仰ぐべきじゃない？」

「そうだ」

「それはしたくないんだよ、ピート。彼らは大勢の狙撃手や捜査官を、こっちへ送りこむだろう。そうなったら返って、ネロを見つけづらくなる」

「ネロがカスティーリョじゃないとしたらどうかしら？」

ピートは疑問を投げかけた。このおかげで、マックはいつも様々な可能性を模索することができるのだ。

「ただの取り巻き、給仕スタッフ、船の作業員、いくらでもなりすませるはずよ。もしかしたら、刑事や警備員になることだって可能だわ。アトエイスでネロが化けたハリド・セイフは、キャラハンでさえ直接会ったことがない人物だった。なりすますことができそうな人物は、いくらだっているわ。でも、あなたがネロだったら誰を選ぶ？　それを考えれば、自《おの》ずと答えは出るでしょう」

「私だったら誰になるか……」

考えを巡らせるマックの携帯電話が鳴った。もちろん、発信者はオットーだ。

「パブロ・バルデスという名前が挙がってきたぞ。メキシコで一番のマネーロンダラーだ。ただしはっきりしているのは名前だけで、姿を捉えた映像も写真も見つからない。警察やＤＥＡの記録にも、彼の顔写真は存在しないんだ」

「取引の額は？」

「おそらく数百億単位だ」

興奮気味にオットーは報告した。

「ハモンドに持ちかける話としては、充分な額だと思わないか、マック？」

「ああ、そうやって顔の知られていない誰かになりすますというのが、ネロのやり方なんだ」

「確証があるわけじゃないが、バルデスとカスティーリョ、両方に化けているという可能性も出てきたな」

「今のところ、解明の鍵を握っているのはハモンドだな」

「ネロの背後には、情報を入手できる大規模な組織が存在していそうだ」

「そう考えると、サウジの関与がまた浮上してくるな、オットー？」

「ああ、そうだ。メインフレームには、ナスルの追加情報は上がってこない。しかしセイフとバルデスの間には、なにか関係があったのかもしれない。バックグラウンドをもっと掘り下げてみる」

「明日のレースは、やはりヨットで観戦することにする」

マックは言った。

「それまでになにか分かったら、また報告してくれ」

「分かった。それじゃあ、またあとで」

ホテルに到着するまでに、マックはオットーから聞いた情報をピートに残らず伝えた。

「ハモンドは、ビットコインにも興味を示している。違法なビジネスも厭《いと》わないつもりなら、資金洗浄はどうしても必要だろう?」

マックの問いかけに、ピートはにやりと笑った。

「そうね。だから、スーザン・パターソンはカスティーリョをマークしているのかもしれないわね。彼女に探りを入れてみるべきだわ」

第三十七章

カマルは、ホテル内にある〈ル・ビスタマール〉のテラス席を予約しようと提案した。港が見えるミシュラン・レストランでのディナーを、スーザンは喜んで受け入れた。

彼女はすぐにヨットの使用人に電話を入れ、カクテルドレスと靴をホテルへ届けるよう依頼した。

「急いでシャワーを浴びるわね。もしレストランが返事を渋るようなら、私の名前を出せばいいから」

そう言ってベッドルームへ入っていく彼女を見送り、カマルは固定電話からレストランへ電話を入れた。予想どおりディナータイムは予約でいっぱいで、スーザンの名前を出しても夜の九時まで空きはなかった。

九時からの席を予約し、カマルは携帯電話を手にしてバルコニーへ出た。番号を打ちこむとすぐに、無愛想なサアドの声が聞こえてきた。

「急いでるんだ。手短に頼む」

「ジョセフ・カントンというアメリカ人は、ハモンドにビットコインの儲け話を持ちかけているようだが、やつは刑事なのか？」

「ああ、その情報はつかんでいる。もしこれ以上続ける自信がないのなら、今のうちに身を引いてくれ。我々の目的は半分達成していて、しかも望ましい効果を上げている。この上、シリアへのロシア軍配備が国会で可決されれば、言うことはないんだ」

「身を引くにしても、無傷でないと駄目だ」

「だから自信がないなら、任務のことは忘れていいと言っているだろう。ただし報酬は、半額になるがな」

「無傷であることが重要なんだ。金なんかどうでもいい」

声を抑えて、カマルは続けた。

「残りの人生を、投獄の身で過ごすのはまっぴらだ。もちろん、誰かに追われながら暮すのも論外だ」

カマルの答えを聞き、サアドはしばらく沈黙した。

サアドに訊かれ、カマルは更に声を落とした。

「なにを言いたい？」

「当初の予定どおり、任務を遂行するための情報がほしい」

サアドは再び沈黙し、忠告した。

「足がつくことはないから安心しろ。ただ、少しでも不手際があれば、我々はおしまいなんだ。おまえとは完全に手を切るしかなくなるぞ」

「また免責特権の陰に隠れるつもりだな?」

「いざとなれば、そうするさ。今ここで確認しておく。この任務を、続ける気なんだな?」

「そうだ」

カマルは、はっきりと答えた。確かに高額の報酬も魅力的ではあるが、それよりもビル破壊という大量殺人の喜びのほうがはるかに大きい。

「好きにしろ、ただしうまくやれ。で、ほしい情報は?」

サウジの情報部員は、殺し屋に訊いた。

「さっき言ったアメリカ人の写真が二枚ある。その男が何者か調べてくれ」

「そいつは、おまえの素性に気づいているのか?」

「いや、まだだ」

「確かか?」

「ああ、確かだ」

港からの風が電話に吹きつけ、女の泣き声に似た音をたてた。カマルはじっと、サアドの声に耳を澄ました。

「今夜はまだ手が離せない。返事は夜遅くか明日になるだろう。だが、なにか分かり次第、すぐに電話する、いいな?」

「了解だ」

「くれぐれも、バカな真似はするなよ」

思わず携帯電話を持つ手に力が入り、カマルは自問した。このサウジの情報部員を殺すというのも、その〝バカな真似〟のうちに入るのだろうか。彼は、いつもどおり平静な声を保った。「電話を待ってる」

「アメリカ人はハモンドの船でレース観戦をするのか？」

「ああ、ほぼ間違いなく、そうするだろう」

「写真を送れ――」

すぐにカマルからの写真を受け取ったサアドは、電話を切る前に言った。

「――なるべく早く連絡する」

「あなたって謎だらけの人ね」

サアドとの通話を終えた直後、後ろからスーザンの声が聞こえてきた。振り返るカマルの視線の先には、ガラス戸の側に立つ彼女の姿があった。髪をタオルで拭っている彼女は裸で、濡《ぬ》れた体は夜の街灯《あか》りに照らされキラキラと光っている。

「私の話に興味があるのか？」

カマルに訊かれ、スーザンは白い歯を見せて笑った。

「お金に興味があるだけ。誰に写真を送ったの？」

「アムステルダムの調査会社だよ」

「ハッカー？」

「彼らは独自の手法で情報を集める。昔ながらのやり方でね。つまり、情報源となる書類を盗むのさ」

カマルの答えを聞き、スーザンは納得したように小さく何度もうなずいた。

「私をその写真の提供者にしたの？」

「君の名前は出してない。なぜそんなことを訊く？」

「あなたはマネーロンダラーなんでしょう」

スーザンは、ゆっくりと濡れた髪を拭った。

「カントンと、あのかわいいガールフレンドは、たぶんDEAよ。じゃなければ、財務省の捜査官かFBI。でも彼らは少しも怖くない。怖いのは、あなたの裏にいる人たち。間違っても、法と秩序を守る人種ではないわね。頭のおかしいISISの戦闘員より、タチが悪いわ」

彼女の言葉に、カマルは冷たい微笑みを浮かべた。

「私と一緒にいる限り、君は安全だ」

「どういう意味？」

スーザンの声は静かで、抑揚がなかった。しかしカマルは、彼女の瞳の大きさ、唇の開き方、体の緊張から、微かなストレスを感じ取っていた。彼女は確かに怯《おび》えている。どんなに金を積み上げようとも、今の彼女には身を守るものなど一つもない。完全に無防備なのだ。

「私は、彼らが欲しがるものを提供している」

カマルの声が、バルコニーから吹きこむ風に乗ってスーザンの耳に届いた。

「つまり簡単に言うと、彼らの問題を解決してやっている私に、手出しはできないということさ」

感情を読み取れないカマルの表情を見つめ、スーザンは懸命に真実を探し出そうとしているようだった。うなるほどの金を持っていても、幼い少女と変わらず非力な彼女を見て、カマルの胸は高鳴った。

「予約の時間は何時？」

「九時だよ」

彼女は部屋に戻り、固定電話でフロントに電話をかけた。

「〈グローリー号〉から荷が届いたら、私が電話するまでそちらで預かっていてほしいの」

電話を切り、彼女はカマルに媚《こ》びるような笑みを見せた。

「あと一時間半あるわ」

「それだけあれば充分だ」

カマルは、寝室へと誘ったスーザンを荒々しく抱いた。彼女がオーガズムを迎えるたび、首に回した両手で喉を潰すことを想像した。破裂しそうに腫れ上がった眼球、青く変色した唇。脚の間に自分の大きな体を挟み、抵抗する彼女を押さえつける。カマルの想像は、彼をこの上なく興奮させた。生きている彼女は美しい。しかし死んでいく彼女は、もっとゴージャスに違いない。

もう少しで胸があらわになりそうなほど、襟元が深くカットされたカクテルドレスを着て、スーザンは悠々と歩いた。地球上で、最も快楽主義な街の一つであるモナコ。そんな開放的な空気の中でさえ、彼女の姿はひときわ人々の目を引きつけた。一方カマルは、アルマーニのタキシードの下に、ひだ入りのシャツ、ノーネクタイという出《い》で立ちだ。スーザンはハンサムな彼と歩くことで、自分たちが周囲にもたらす効果を充分に意識していた。

案内係に導かれバルコニーの席に通された二人には、二人のウエイターが付いた。メニューを渡そうとした片方のウエイターに、カマルは首を振った。

「まずはウニを頼む」

メニューを見ることなく、カマルはオーダーした。

「そのあとは、キャビア、タマネギのポタージュ、ロブスターのグラタンの順で。飲み物はワインを」

「イエス、サー。それでは、おすすめのワインを提案させていただきます」

ヘッド・ウエイターが差し出したワイン・リストを、カマルはやはり退けた。

「ボエル&クロフにしてくれ。よく冷やして」

ワインの銘柄を聞いたヘッド・ウエイターは、深く頭を下げた。ボエル&クロフは、ワイン専門店で購入したとしても二千五百ドル以上だ。レストランでオーダーするとなると、更に価格は跳ね上がる。

「二本目も、冷やして用意しておいてくれ」

迷うことなくオーダーを済ませたカマルに、スーザンは言った。

「贅沢《ぜいたく》なディナーね」

「ああ、これも経費さ」

第三十八章

朝八時ちょうどに、バルコニーの電話が鳴った。一時間前に起き、早朝の港を眺めていたマックが受話器を取った。

「はい」

返事をした彼の耳に、よく通るフロント係の声が聞こえてきた。

「ミスター・カントン、こちらはフロント・デスクです。たった今、お車が到着しましたが、いかがなさいますか？」

「車は呼んでいないが」

「運転手は、港にお連れする予定だと言っていますが」

「私たちは、三十分で下りていくと伝えてくれ」

「カントン様だけのお迎えと聞いております」

マックは首を傾げつつ、フロント係に礼を言った。

「ありがとう」

電話機に戻した受話器をすぐに取り上げ、外線でハモンドの船に電話をかけた。

「ウィ」

女性の声が電話に出た。

「カントンだが、ミスター・ハモンドはいるか？」

「ウィ、ムッシュ」

ハモンドの声は、それからほとんど間を空けることなく聞こえてきた。

「ずいぶん、早起きなんだな、ジョセフ」

「ああ。ところで、ホテルに車をよこしたのか？」

「いいや。手配しようか？」

「その必要はない。たぶん、フロントの手違いだろう」

「君とミズ・ボーマンを待ってるよ。今日、十一時にね。混雑で遅れるようだったら、ホテルまでヘリをやるから」

電話を切った直後、ショーツとTシャツ姿のピートがバルコニーに現れた。

「誰からだったの？」

「フロントからだ。車が待っていると言うんだが、ハモンドがよこした車じゃないらしい」

ピートは手に持っていたコーヒーカップを、テーブルの上に置いた。

「下へ行って確かめてみましょう。ひょっとすると、ネロかもしれないわ」

「車は私を迎えに来ている」

腕時計に目をやり、マックは言った。

「おそらくＤＧＳＩじゃないかな。君はここで待っていてくれ。もし私が戻らなかったり、連絡がなかったりしたら、オットーに電話してくれ」

「あなた一人を行かせるわけにはいかないわ」

「そう言うと思ったよ。ネロがよこした車だとしたら、私一人で乗るべきだ。飛行機はカンヌで待機しているから、すぐにでもフランスを発て」

マックの言葉に、ピートは顔色を変えた。

「やめてよ、マック。そんなの、間違ってる。それがどれだけ危険なことか、分かってるでしょう?」

「万が一、私たちが二人とも消えてしまえば、誰がチャンのパーティーへ行く? どちらかがなんとしても、やり遂げなければならないんだ」

「なんてこと……」

ピートは唸るように呟き、うつむいた。彼のサポートをすることが、自分の使命だと常に考えてきた彼女にとって、これは難しい決断だった。

不安げな彼女を、マックはそっと抱きしめた。

「心配するな。私もパーティー仲間に入れてもらうよ」

そう言ってウインクをするマックに、ピートは小さくうなずいてみせた。

銃をピートに渡したマックは、ジャケットを羽織った。ＤＧＳＩの迎えだとしたら、銃を携帯して行くわけにはいかない。ピエール・ギャラン少佐に渡された滞在許可証だけをポケットに入れ、マックは部屋を出た。

スーツ姿の大柄な二人組が、エントランスの外でマックを待ち構えていた。レース当日ということもあって、チェックアウトの混雑もないロビーは閑散とした状態だ。

マックはドアの左側に控えている二人組に向かい、まっすぐに歩み寄っていった。

「君たちは私の迎えか？」

「イエス、サー」

背が高いほうの男が、フランス語訛りの英語で返事をした。

「ギャラン少佐から、いくつか質問があるとのことで、お迎えに参りました」

二人組はＤＧＳＩの身分証をマックに見せた。

「ここは、どうして分かった？」

長身の局員が、マックの質問に質問で応じた。

「銃はお持ちですか？」

「持っていない」

「それでは、こちらへ」

局員たちはマックを、エントランス正面に着けられているダークブルーのシトロエン・C-エリゼへと促した。ドイツの世界ツーリングカー選手権《WTCC》に参加したことのあるこの車種は、美しいボディーと滑らかな走行を誇っている。開けられた後部ドアの向こうには、すでにギャラン少佐の姿があった。

「私は逮捕されたのか？」

尋ねるマックに、ギャランは答えた。

「それは、君の行動次第だ」

「ミズ・ボーマンが、心配しているよ。私をどこへ連れていくつもりなんだ？」

「彼女は、滞在許可証の期限が切れた時点でフランスを発ってもらう。その時に、今日のことも報告するつもりだよ。まあ、乗りたまえ」

マックが車に乗りこむと同時に二人の局員も席に着き、車はゆっくりと動き始めた。

「どこへ行く？」

「まずは警察本部だよ。そのあと必要とあらば、君をパリへ移送することになっている」

「荷物は？」

「ミズ・ボーマンが見ていてくれるだろう」

「彼女に電話してもいいか？」

マックの問いかけに、ギャランは大きく首を横に振った。

「駄目だ」

モナコ公安警察本部は、レース・コースのちょうど中間地点にあった。ところがマックを乗せた警察車両は、バリアや人混みを物ともせず、あっさりと目的の場所へと到着した。

ギャランはマックを連れ、建物の正面にある出動路や勾留手続きの窓口を通り過ぎ、取調室へと直行した。

小さなテーブルを挟んで席に着いた二人は、お互いに探るような眼差《まなざ》しを向け合った。

「君とミズ・ボーマン……いや、ボイランは、映画祭やレースを楽しむためにフランスへやって来たわけではないだろう？」

少佐はマックの目を見据えた。

「いったい、なにが目的だ？」

「ニューヨークのペンシル・タワー破壊の再発を、食い止めるためだ」

「ではフランスではなく、シリアに行くべきじゃないか？」

「ここにいるのは、それなりの理由があるからだよ」

「ミズ・ボイランはなんのために、ここへ来た？」

「私をサポートするために」

マックの答えを時間をかけて反芻《はんすう》し、ギャランは再び質問を投げかけた。

「それで、成果はあったのか？」

「いや、今のところは」

少佐はフォルダーから二枚の写真を取り出し、マックの前に置いた。一枚は上半身裸の体格のいい男がベランダから外を見ている写真、そしてもう一枚はチノパンにポロシャツの男がナイトクラブの前に立っている写真だ。

「この二人に見覚えは？」

テーブルの上の写真を指差し、ギャランは尋ねた。

「ない」

「二人ともカンヌで目撃されている」

そう言ってギャランは、もう一枚新たな写真を差し出した。鑑識が撮ったと思われる現場写真で、砂浜に横たわる男性の死体が写っている。

「これは、ビーチで死んでいた男の写真だ。君はサウジアラビア人の男と二人で、マジェスティックから出て海岸へ向かっただろう。目撃者は、それが刺殺体発見の直前だったと証言している。なにか見たり聞いたりしたことはなかったか？」

「いや、まったく。写真を見たところ、傷はナイフか、それとも銃かな？」

「直接の死因は、側頭部を鈍器のような物で殴られたことだ」

「指紋やＤＮＡは？」

「警察のデータにはヒットしなかった」

「私が何者なのか、過去フランスでなにをしてきたか、よく知っているはずだ。その事件が私に関係しているかどうかも、簡単に推測できるだろう」

そう言ってマックは、写真をギャランに押し戻した。

「この二人はどう見ても、街のゴロツキだぞ」

「そう、そのとおりだ。我々は逃げた男の行方を捜している。誰の犯行か、知っているに違いないからね」

「なるほど。ではその二人が、夜中にビーチでうろついていた目的はなんだ？」

ギャランの鋭い視線が、マックの顔に注がれた。

「君を捜していたんじゃないかと、私は考えているんだよ」

「逃げた男を捕まえたら、話をさせてくれないか？　もし本当に私をつけていたのなら、その理由を訊きたいからね。私が泊まっていたホテルも、滞在の目的も、すべて知っていたのかもしれないからな」

「では、この二人は悪い時に悪い場所にいたと？　つまりこれは、偶然の事件だったと言いたいんだな」

「そうだ」

マックは、肩をすくめて続けた。

「それで、私はこれからどうなる？」

「カンヌの空港で、そっちの飛行機とクルーが待機している。君が到着し次第、フランスから飛び立つよう指示してあるんだ」

「ミズ・ボイランは？」

「彼女の滞在期限切れは、もう少し先だ」


（下巻に続く）

Mystery & Adventure

〈シグマフォース〉シリーズ⓪
ウバールの悪魔　上下
ジェームズ・ロリンズ／桑田 健［訳］

神の怒りで砂にまみれて消えた都市〈ウバール〉。そこには、世界を崩壊させる大いなる力が眠る……。シリーズ原点の物語！

〈シグマフォース〉シリーズ①
マギの聖骨　上下
ジェームズ・ロリンズ／桑田 健［訳］

マギの聖骨――それは〝生命の根源〟を解き明かす唯一の鍵。全米でベストセラーの大ヒットシリーズ第一弾。

〈シグマフォース〉シリーズ②
ナチの亡霊　上下
ジェームズ・ロリンズ／桑田 健［訳］

ナチの残党が研究を続ける〈釣鐘〉とは何か？　ダーウィンの聖書に記された〈鍵〉を巡って、闇の勢力が動き出す！

〈シグマフォース〉シリーズ③
ユダの覚醒　上下
ジェームズ・ロリンズ／桑田 健［訳］

マルコ・ポーロが死ぬまで語らなかった謎とは……。〈ユダの菌株〉というウィルスが起こす奇病が、人類を滅ぼす!?

〈シグマフォース〉シリーズ④
ロマの血脈　上下
ジェームズ・ロリンズ／桑田 健［訳］

「世界は燃えてしまう――」〝最後の神託〟は、破滅か救済か？　人類救済の鍵を握る〈デルポイの巫女たちの末裔〉とは？

TA-KE SHOBO

Mystery & Adventure

〈シグマフォース〉シリーズ⑤
ケルトの封印　上下
ジェームズ・ロリンズ／桑田 健［訳］

癒しか、呪いか？　その封印が解かれし時――人類は未来への扉を開くのか？　それとも破滅への一歩を踏み出すのか……。

〈シグマフォース〉シリーズ⑥
ジェファーソンの密約　上下
ジェームズ・ロリンズ／桑田 健［訳］

光と闇の米建国史――。アメリカ建国の歴史の裏に隠された大いなる謎……人類を滅亡させるのは〈呪い〉か、それとも〈科学〉か？

〈シグマフォース〉シリーズ⑦
ギルドの系譜　上下
ジェームズ・ロリンズ／桑田 健［訳］

最大の秘密とされている〈真の血筋〉に、ついに辿り着く〈シグマフォース〉！　組織の黒幕は果たして誰か？

〈シグマフォース〉シリーズ⑧
チンギスの陵墓　上下
ジェームズ・ロリンズ／桑田 健［訳］

〈神の目〉が映し出した人類の未来、そこには崩壊するアメリカの姿が……「真実」とは何か？「現実」とは何か？

〈シグマフォース〉シリーズ⑨
ダーウィンの警告　上下
ジェームズ・ロリンズ／桑田 健［訳］

南極大陸から〈第六の絶滅〉が、今、始まる……。ダーウィンの過去からの警告が、明らかになるとき、人類絶滅の脅威が迫る！

TA-KE SHOBO

【編訳】酒井紀子 Noriko Sakai
東京都生まれ。1987年より洋画時幕翻訳及びノベライズの執筆に携わる。主な訳書に映画『シックス・センス』『ぼくの神さま』『バタフライ・エフェクト』、海外ドラマ『トゥルー・コーリング』『ゴースト～天国からのささやき』『TOUCH タッチ』（竹書房刊）などがある。

巨塔崩壊 TOWER DOWN 上
TOWER DOWN

2017年12月28日　初版第一刷発行

著……………………………………デヴィッド・ハグバーグ
訳………………………………………………………酒井紀子
編集協力……………………………………………横井里香
ブックデザイン………………………橋元浩明（sowhat.Inc.）
本文組版…………………………………………………IDR

発行人……………………………………………後藤明信
発行所……………………………………株式会社竹書房
〒102-0072　東京都千代田区飯田橋2－7－3
電話　03-3264-1576（代表）
03-3234-6208（編集）
http://www.takeshobo.co.jp
印刷・製本…………………………中央精版印刷株式会社

ISBN978-4-8019-1318-9　C0197
Printed in JAPAN